重生之旅
Journey of Rebirth

重生之旅

一位新闻记者的抑郁症观察笔记

[美]宋丹琪 著

中國華僑出版社
·北京·

图书在版编目（CIP）数据

重生之旅 ： 一位新闻记者的抑郁症观察笔记 / （美）
宋丹琪著. -- 北京 ： 中国华侨出版社, 2025. 9.
ISBN 978-7-5113-9614-3

Ⅰ. I712.55

中国国家版本馆CIP数据核字第2025P7G900号

重生之旅——一位新闻记者的抑郁症观察笔记

CHONGSHENG ZHI LU—YI WEI XINWEN JIZHE DE YIYUZHENG GUANCHA BIJI

著　　者：[美]宋丹琪

责任编辑：罗路晗

经　　销：新华书店

开　　本：880毫米×1230毫米　1/32开　印张：8　字数：168 千字

印　　刷：香河县宏润印刷有限公司

版　　次：2025 年 9 月第 1 版

印　　次：2025 年 9 月第 1 次印刷

书　　号：ISBN 978-7-5113-9614-3

定　　价：56.00 元

中国华侨出版社　北京市朝阳区西坝河东里77号楼底商5号　邮编：100028

发 行 部：（010）64443051

序 言

无论是哪个国家，从事哪种职业，处于哪个年龄段，精神与心理的健康都是人们普遍关注的话题。而一被提及就令人谈之色变的抑郁症（Depression），就是其中绕不开的话题。新闻记者的职业使我有机会接触到很多真实的、不同年龄、不同职业的抑郁症患者。

抑郁症不是“屋子里的大象”，它就在我们身边，可能我们的朋友、爱人、孩子就患有不同程度的抑郁症。他们中有刚拿到大学录取通知书、刚满 18 岁的高中生；有刚刚在美国读完大学、准备继续深造的青年人；有婚姻不幸的中年女性；有无法忍受失去儿子的痛苦而住进精神病院的母亲；有投资失败的商界精英……

在我写下这些文字的时候，这些真实的个体像电影回放般一一走到我的眼前，然后又转身离去。他们中有的人走出来了，但有的人还没有走出来，甚至有人选择了用极端的方式结束生命。

抑郁症是怎样开始的？可以治愈吗？究竟是什么成为压垮他们生命的最后一根稻草？为此我们叹息，难过，不理解。这本书是一部纪实文学，基于真实的案例和第一手资料，记录了美、中两国抑郁症患者的生存现状、治疗方式，以及社会、家庭、医院和周围人的态度与关怀。希望你在读完这本书后，依然能够觉得人间值得。

也许你在读这本书的时候，正在经历情绪低落，甚至感到困惑、迷茫，或者是在黑暗的隧道和困境中挣扎。相信我，你并不孤单。

在我写下这些文字的时候，美国正经历着大规模裁员浪潮，许多华人在职场压力与焦虑中挣扎求生。但我想说的是——只要有生命，就仍有希望。

我们曾在黑暗中寻找慰藉，而慰藉其实就在我们试图逃避的地方；我们曾向陌生人乞求爱，却忘了爱一直就在身旁。

宋丹琪

2025 年 5 月 14 日

目 录

第一章◎周围人的变化

记者：你在生病时，周围人对你的态度有变化吗？

茉莉：是的，有着非常明显的变化，可能他们觉得这个人已经快完蛋了。也许连我自己都不知道，会不会就这样一直沉沦下去。

在热闹的节日聚会的角落里，茉莉坐在昏暗的灯光下，她的身影仿佛被周围的欢声笑语吞没了。她那曾经灿烂的笑容现在只是偶尔掠过她苍白的脸，勉强绽放。她的眼中透出一种深深的疲惫和隐约的忧郁，这使曾经与她亲密无间的朋友们开始逐渐疏远她。

这种疏远不是一夜之间发生的，而是慢慢显现出来的。起初，他们还会试图邀请她参加活动，试图在她面前重现那种无忧无虑的氛围。但随着时间的推移，当他们发现茉莉的情绪低落成为常态时，那些努力也开始减少了。他们不再坚持邀请，不再拨打关心的电话，甚至茉莉的房产经纪好友都不接茉莉询问卖房信息的电话。他们的生活仍在继续，而茉莉似乎被困在了自己的世界里。

在社交媒体上，茉莉看到的是朋友们的快乐照片和精彩生活的分享，而她渐渐从那些画面中退去。这种网络上的疏远让她感到沮丧。朋友们的疏远，或许是出于无奈，又或许是担心茉莉那份沉重的情绪会影响到自己。他们也回避一种朋友的责任，那是他们不愿或不知如何承担的责任。这一切，在茉莉的感知中。她理解人性，于是更多地躲进了自己构建的寂寥的堡垒。在这个堡垒中，她与那些曾经的喧嚣生活绝缘。

其实茉莉觉得这也很正常，她的好朋友赵先生曾经是一位成功的期货商人，他有无数的头衔，周围的人都对他趋之若鹜。然而，在一次经济危机中，赵先生的公司破产了，他的财产被法院冻结以偿还债务。这时，曾经的朋友们纷纷消失，甚至连最基本的慰问电话都没有打来。他曾经慷慨地帮助过许多人，如今这些人都对他避之不及。于是有一天，他站在高楼的天台上……

唯有太阳与人心不可直视。

春天的气息在往年是一种甜美而清新的味道。在微风中轻轻摇曳的橘色花瓣带来了希望和新生，让人感受到生命的力量和不断循环的美好。在春日暖阳的照耀下，大地重新焕发出绿意盎然的生机，让人心旷神怡，充满活力和喜悦。

珍妮是在星期六的早上开车拉着茉莉去参加客家同乡会的聚会的。珍妮向她的朋友们大声介绍茉莉是内外兼修的女性，大家还一起亲密地拍了视频，很以有茉莉这样的朋友为荣。

茉莉又坐上了珍妮的这辆宝马车，她以前也是坐着这辆车去看房子，因为茉莉自己的房子不得不卖。那天也是5月，同样的好天气，但心情却是天壤之别。卖掉自己住了十年的房子，背井离乡、无可依靠、前景不明的感觉，焦虑、疲惫、紧张，生存出现的巨大危机让茉莉无所适从，自然也没有任何心情去欣赏好天气。坐在车里斜靠着座位，只有失败的颓废和难以言状的痛苦。

在茉莉居住的这个美国宁静小镇上，有着众多印裔移民，然后是华裔、韩裔，日裔极少，几乎没有。茉莉去过夏威夷，那里有四分之一的人是日裔。美国的移民社区，无论是医生、工程师、商人还是艺术家，都在这片多元文化的大地上，逐渐展开自己的故事。

在谈及华人移民的精神图谱时，“美国梦”是一个无法绕开的主题。它是一种寄托着希望的文化信仰。

所谓“美国梦”，最初描绘的是一个理想国度：只要足够努力，个人便可以实现经济独立、社会地位的跃升，享有自由与选择的权利。这一梦想吸引了无数来自世界各地的移民，而在华人的心中，这个梦有着自己独特的注解与追求。

对许多华人来说，踏上这片陌生土地的初衷，往往源自对经济的渴望。他们背井离乡，只为在美国这片自由而富饶的土地上，寻找一个更有希望的未来。经济上的成功，便成为他们“美国梦”的首要支柱——一份体面且收入稳定的工作、一处属于自己的房产，或是通过一番拼搏打下的事业根基，都是梦想得以具象化的标志。

而教育，则是通往这个梦的另一条必经之路。在华人文化中，教育素来被视作改变命运的阶梯。从孩子牙牙学语开始，父母便为他们铺设了一条通往名校、通往更高社会阶层的道路。求知不仅关乎个人的未来，更寄托着整个家庭的希望。

最终，这一切的努力与奋斗，往往归结为一个温柔的愿望：家庭的幸福与安稳。在异国他乡安一个家，为亲人提供一个安全、舒适的生活环境，是华人“美国梦”中最温情的一笔。拥有一栋属于自己的房子，不只是物质上的归属，更是情感与身份的认同。

华人的“美国梦”既延续了传统意义上的理想蓝图，又注入了属于自身文化的情感厚度。在奋斗与坚持之间，这个梦想既现实又深情。

美国社会对亚裔的想象中，有着“模范少数族裔”（Model Minority）与“哑裔”（Silent Minority）这两个标签，一对悖论式的镜像构成了一幅被外界定义的群体肖像。

“模范少数族裔”这一说法最早出现于20世纪60年代，在媒体笔下，它描绘的是一群勤奋、守纪、不抱怨、默默奋斗且成绩斐然的少数族裔，尤以华人、日本人、韩国人为代表。

在主流叙事中，他们的经济成就和教育背景成为社会上“正面典范”的象征——高学历、高收入、家庭和睦，他们似乎是“美国梦”的最佳代言人。

然而，这顶看似闪亮的桂冠，却也是一种无形的枷锁。所谓的“模范”，往往忽略了群体内部的多样性与不平等，也掩盖了这些族群在历史上所承受的排斥与歧视。从《排华法案》到“亚裔即外来者”的偏见，亚裔所面临的障碍从未真正消失。“模范少数族裔”的神话，把这些成功过度归结为“文化特质”，却回避了复杂的社会背景与制度问题。

与之相对的，则是另一个标签：“哑裔”。这一称呼带着贬义，描述的是一种刻板印象——“哑裔”在政治上不够活跃，缺乏表达意见的意愿，似乎总是沉默地接受安排，避免冲突，甘于边缘。这样的描绘，将“哑裔”置于一个“缺席者”的位置，仿佛他们在社会议题、政治运动中无声无形，从而在舆论中被视为“冷漠”或“不够融入”的群体。

这两个标签，一正一负，却共同遮蔽了亚裔真实而复杂的社会面貌。在“成功”的表象背后，是对文化刻板印象的强化；在“沉默”的标签之下，又是历史创伤与话语权缺失的沉积。

而对许多亚裔来说，他们正在努力挣脱这两种想象的束缚，用自己的声音讲述着不被听见的故事。他们既不全然是“模范”，也从未真正“沉默”。

总体来说，华人在美国社会中展现了多元的身份和贡献，同时在不断平衡文化传承与美国主流文化的融合。很多华裔的职业背景与行业分布集中于技术领域（如软件开发、工程、数据科学等），同时在金融、医药、生物科技等行业也有广泛分布。华裔通常注重学术背景，尤其在数学、科学等领域表现突出。他们也较倾向于选择低风险、高稳定性的职业。

日裔美国人具有双重文化背景，通常善于在日本文化与美国文化之间找到平衡。他们可能保留了很多日本的传统习俗（如节日、饮食、语言），同时接受了美国主流文化的影响。早期的日裔移民多在19世纪末和20世纪初到达美国，主要从事农业和劳动密集型工作。第二次世界大战期间，许多日裔美国人因种族歧视被强制关押，这段历史深刻影响了他们的身份认同和社会地位。由于移民历史的复杂性，日裔美国人对种族平等和社会正义问题往往具有强烈意识。不同时代的日裔美国人［如Issei（第一代）、Nisei（第二代）、Sansei（第三代）等］对文化和身份的认同各不相同，年青一代可能更以美国文化为主，但仍保留对日本遗产的尊重。许多日裔家庭强调尊重长辈、家庭责任和集体主义，这与日本传统观念一致。日裔美国人同样非常重视教育，认为知识是成功的关键。这种价值观常见于第一代移民及其后代。很多日裔美国人在专业领域（如医学、工程、商业、艺术等）表现出色，成为各行业的重要贡献者。日裔美国人经常形成紧密的社区，特别是在一些历史悠久的日本城，如加州的洛杉矶小东京和旧金山日本城。日本料理（如寿司、拉面、刺身）不仅在日裔社区中占据重要地位，而且已广泛融入美国主流饮食文化。美国年轻人都非常喜欢日本文化，像茉莉的儿子正正，以及他的同学们均去过日本很多次，仍乐此不疲。

印裔美国人是美国成长最快的族群之一，他们一个村一个村地移民到茉莉所居住的城市和周边的城市。许多印裔成年人拥有大学或更高的学位。很多人攻读科学、技术、工程、数学（STEM）领域，这些领域也是他们职业成就的主要集中地。印裔美国人在高薪和技术密集型职业中的比例很高，如医生、工程师、IT 专业人士、学者和企业家。印度人擅长沟通和管理，因此在中高层管理岗位上较常见。硅谷的科技公司中有许多印裔领导者，如谷歌前 CEO 桑达尔·皮查伊（Sundar Pichai）和微软 CEO 萨提亚·纳德拉（Satya Nadella）。在美国的技术公司，印度工程师凭借团结精神、技术能力和创新思维，成为推动科技发展的重要力量。他们在紧张的项目会议和代码行间，不忘保持自己的文化传统，中午的便当盒中常常装着印度咖喱和热腾腾的烤饼。印裔员工在科技领域，尤其是软件开发、IT 服务和管理岗位上占据重要地位。许多印度人通过科技外包项目和大公司的人才培养计划进入美国职场。

华裔的工作方式更倾向于低调和务实，注重技术能力和结果导向。他们在团队中多扮演执行者或技术专家的角色，注重细节和准确性。他们冲突时倾向于回避，强调合作与和谐。印裔通常在表达和交际能力上较为突出，善于在团队中推动沟通与协作，更善于主动争取领导机会，展现个人能力。对于职业发展抱有较强的目标感，倾向于参与领导决策。

印裔美国人保持着与印度的深厚文化联系，包括宗教信仰（如印度教、锡克教、伊斯兰教或基督教）、传统节日（如排灯节、霍利节）以及美食（如咖喱和素食）。他们也非常适应美国主流文化。他们中的许多人也非常流利地使用英语，且非常自信，尽管大家都听得出他们浓重的印度口音，但美国人似乎完全听得懂。

印裔美国人越来越多地参与政治和公共事务。一些人活跃在美国的联邦和州政府中，如美国前副总统卡玛拉·哈里斯（Kamala Harris）、国会议员普拉米拉·贾亚帕尔（Pramila Jayapal）等。

在美国纽约、芝加哥和茉莉所在州的医院中，很多印度医生也以医术和对患者的关怀赢得了同事和患者的尊重。在小商店、餐馆以及各类家族企业中，更多的印度移民坚持着自己的商业梦想。在他们的店铺里，总能找到从印度各地带来的货品：香料、纺织品、珠宝和手工艺品，这些都让人仿佛一瞬间穿越到了千里之外的南亚市场。茉莉的邻居中就有开珠宝行的，还有高科技公司的高管、医生等。

珍妮带茉莉去看房的小镇已逐渐被印度移民的热情转变了，好像正在成为一个小型的印度镇。当时正赶上印度节日，人们身着传统服饰，脸上涂着彩色的粉末，共庆霍利节和排灯节。这些原本只在印度庆祝的节日，在这里也成为重要的社区活动，社区街道上也可以听到宝莱坞的歌曲。像茉莉平日锻炼的体育馆，也是印裔女生教健美舞蹈 BollyX 的地方。水上舞蹈的音乐也是印度歌曲，茉莉跟着印度教练也做了很多印度舞蹈动作。

珍妮那天一大早开车来到茉莉家，带来了自己做的小甜点。茉莉无心去吃任何东西，就跟着珍妮匆匆坐在她的宝马车上，去看那些价格只有她现在房子五分之一的房子，都在十分普通的小区里。

他们住的房子通常是结构坚固的木框架或砖砌结构，屋顶覆盖着防水的沥青瓦，看起来与邻里的房子无异。然而，当茉莉跟着珍妮走进这些人家，便能立即感受到浓厚的印度气息。客厅的墙上挂着色彩鲜艳的印度传统挂毯和神话画作，家具多为手工雕刻的木制桌椅，上面装饰着复杂的几何或花卉图案，显示出印度工艺和传统。

客厅的角落常设有一个小型的神坛，供奉着拉克希米、甘尼萨或其他印度神祇的雕像。香炉中点燃的檀香，香气弥漫在整个屋内。餐厅则展示了印度餐具的独特风格，铜质或不锈钢的餐盘和碗，以及各式各样的调料罐，准备好为家人和访客提供地道的印度美食。

卧室里，床铺通常覆盖着手工印制的印度棉被，图案多样且色彩丰富。儿童房则可能布置有印度卡通人物的海报。通过每一个细节，展现了印度移民如何在保持自身文化身份的同时，融入美国这个大熔炉。

说是看了八个房子，其实仅仅看了三个房子。印度人住的房子经常弥漫着咖喱的味道，在初夏显得越发明显。茉莉本来很喜欢高端印度餐厅的各种食物，如多萨、印度烤饼和各式标志性的咖喱美食，但在家居住房里就不那么令人愉悦。茉莉不会考虑去住在一个有咖喱味的房子里。

虽然茉莉现在的邻居也有不少印度人，可是他们的职业均是医生、珠宝商和购物中心老板。邻居帕特尔有两家购物中心，他家门前停着宾利、奔驰等多辆豪车。帕特尔这种姓氏在印度是个高贵的姓氏，代表了他们的身份。帕特尔很喜欢茉莉这位邻居。茉莉散步时，他时常过来与她聊天，告诉她自己的母亲和妹妹在英国，他也在香港居住过，并把他手里的一个大大的水蜜桃送给了茉莉。帕特尔家周围种着各种棕榈树，和竖立着从自家购物中心运来的雕塑。

眼前的普通民宅、街区都低了好几个档次。茉莉感到非常沮丧。但是，房产中介珍妮却在不停地夸这些小房子。可能是想如果茉莉快点签约，她就可以早早地收工了。于是，珍妮带着茉莉走马观花地、蜻蜓点水地参观了几个联排别墅（Townhome）和小户型房之后，就拉着她来到一家律师事务所。

不是开玩笑，茉莉的朋友之前就善意地提醒过，茉莉应该早准备好遗嘱之类的东西。虽然听起来很荒唐，但这确实是非常必要的，以避免猝不及防的情况发生。

茉莉跟随珍妮走进律师事务所。金律师，一个中年男子，其严肃的外表和戴着的金丝眼镜，给人一种不苟言笑的印象。珍妮很热情地与他拥抱、问候。她们刚刚坐下，珍妮便与律师开始了低声交谈，而茉莉则被安置在一旁的椅子上，仿佛她是一件待处理的案件而非参与者。

珍妮在律师耳边窃窃私语，虽然声音很小，但茉莉依旧能捕捉到零星的字眼——“抑郁症”“精神状态”——这些词使茉莉感到一阵寒意。茉莉知道，她的病在他们眼中变成了一个标签，一个需要特别注意的标签。律师时不时地投来审视的目光，那眼神中既有职业性的警惕，也似乎夹杂着一丝同情，让茉莉感觉如坐针毡。

他们说的是真的，茉莉因为得了抑郁症，才来这里立遗嘱。这里面的逻辑顿时让茉莉觉得没有了尊严，无地自容。

处理完遗嘱的事宜后，珍妮再次提议去看房子，本意还是想催促茉莉早些把房子定下来。整个过程中，珍妮显然没有将注意力真正放在这次行程上。她时常接打电话，声音中满是撒娇和笑意，那种声音在行驶的车厢里和安静的房子中回荡。茉莉坐在副驾驶位置，窗外的风景如同电影里的快进画面，模糊而不真实。每当车停下来，珍妮都匆匆忙忙地带她进出房屋，介绍得草率而敷衍，似乎这只是完成任务的一部分，而不是为了给茉莉找一个新家。

在看了一圈房子后，茉莉越发感到对自己家的不舍。她突然想起那位日本作家写的书——《在熟悉的家中向世界道别》。茉莉在想，如果这一切发生在自己家中该有多好。

但茉莉并没有怪罪珍妮，她知道自己的抑郁症也给别人带来了无形的负担。她曾多次在镜子中审视自己，看到的是一个失去生活热情的面孔，如何期待别人会不同对待呢？每个人都有自己的优先事项（Priority）和重视的人或事，珍妮也不例外。珍妮现在不重视茉莉买房卖房的事，因为茉莉是一个病人。茉莉只能默默地接受这个事实，就像接受遗嘱中冰冷的条款一样，既定下来就不容易更改。

周围人的疏离，在那段时间逐渐成为茉莉日常生活的一部分，如影随形，不可分割。

第二章 ◎ 发生了什么

茉莉常常回忆起四年前的那段时光。但正如人们所说，如果你走出来了，那段经历就不再那么不堪回首。没有打倒你的，会使你更坚强。一遍又一遍地想起，苦难的经历变成了一个人生命中不可分割的一部分，似乎从苦难中咀嚼出了辛香和甜味，甚至成为一生中不可磨灭的乐章。

但如果没能走出来呢？就如朝空中抛了一枚硬币，两种可能皆真实地存在。而且很多人都未能走出来。有人说，容易入眠和乐于醒来是衡量一个人是否快乐的两个标准。可惜四年前茉莉二者都不沾边。她既难入眠，也不愿醒来面对新的一天。

一切，都从那年春天开始。

春天的大自然，见证着生命的复苏。冬季已渐渐消退，春风吹拂，万物开始恢复生机，花儿开放，树木抽芽。人们的心情也随之变得明媚起来，仿佛所有的忧愁和沉重都随着冬雪融化。春天是新的开始，是生长的季节，让人感到温暖并充满期待，仿佛任何事情都有可能发生。

但四年前的春天却给茉莉带来了另一种不确定与不安。茉莉疲倦地坐在椅子上，眼神游离地望向办公室的窗外。她的目光穿过玻璃，似乎穿越了遥远的时空，投向了寒潮后的紫色玉兰花。窗外的景色在她眼中模糊了。

许多美国大公司都在裁员，主要是因为没钱了，养不起这么多员工；即使没有失业，很多人也被减薪了。一时间大有草木皆兵之势。失业后想找份合适的工作太难了。茉莉所从事的行业，很多大公司都已经停止招聘了。有些小公司即使招人，其实也只是想借这个机会招一些大公司的优秀失业人才，再淘汰本公司里的人。一个空缺职位基本上都是有成百上千的人去竞争。

茉莉的一位同事前一天接到了邮件，称第二天要被约谈话。第二天，人力资源部的人直接告诉他是因为公司的原因，不是因为他工作能力的问题。随后，他的电脑立刻无法登录公司的系统。茉莉看到保安和主管“护送”同事抱着一个纸箱离开了办公室。

这个同事被多发了几个月的薪水。如果是合同工，连几个月的赔偿金都没有。

公司人力资源部的人下午也通知茉莉要和她谈话。

当一个人被通知要与人力资源部的人进行谈话，尤其是在公司可能进行裁员的情况下，往往会感到深深的不安与焦虑。在这个瞬间，时间仿佛变得缓慢，每一秒都充满了对未知的恐惧和对未来的担忧。心中可能会浮现出各种问题：“是关于裁员的事吗？”“我做错了什么？”“我将如何告诉我的家人？”

这些疑问像阴霾一样笼罩在心头，让人难以专注于当下。

茉莉就是在这种心情下进入了人力资源部的办公室。空气开始变得凝重，她的心情像秋天的叶子一样，从生机勃勃转为暗淡无光。她开始担忧，对于这个年纪重新找工作的前景感到恐慌。

她必须准备好迎接一场对她的生活来说如同寒潮般的变化。正如玉兰花已经开放，但在昨天突如其来的寒霜下花朵瞬间凋零。不可预测的职场变化，让茉莉心中充满了疑惑。

美国高科技人员的失业是一个令人担忧的现象，尤其是在技术快速发展的时代。

最近几年，美国高科技产业经历了一场前所未有的裁员潮。这波裁员潮波及了从初创企业到科技巨头的各类公司，包括知名的科技公司，如谷歌（Google）、亚马逊（Amazon）、元宇宙（Meta，脸书 Facebook 的母公司）、推特（Twitter）和微软（Microsoft）等。

这些裁员行动，一方面反映了全球经济不确定性、消费者需求的变化，以及投资者对于盈利的超强期待。另一方面 AI 在许多领域都有所建树，科技进步导致一些工作岗位的消失。虽然高科技工作仍然需要人类的创造力和决策能力，AI 本是辅助工具，帮助人类更高效地完成任务，而不是完全取代人类，但 AI 的到来使公司加快了对员工的裁减。

人力资源部门的两位主管安妮塔和多瑞斯坐在茉莉对面，房间里弥漫着紧张的气氛。她们平时和茉莉在大楼里见面时都有说有笑，但今天的表情却既温和又严肃。安妮塔开始了谈话。每个字落在空气中，在茉莉听来都像铅一样沉重。

“我们必须面对现实，公司需要做出一些调整。我们想通知您，虽然现在还没有发生，但您的职位可能将受到公司整体战略考量的影响。这并不是对您个人的评价，而是出于公司整体的考量。如果是那样，我们将会提供一些离职安置方案以及帮助您找到下一份工作。”主管安妮塔说着，努力保持着专业和同情的平衡，但这些话语的性质却无法被掩盖。虽然还不是裁员宣判，但茉莉心中涌现出一股沮丧、一片阴霾。失业的恐惧在她心中刹那间升起，如同一座巨大的黑暗塔楼，让她感到惶恐不安，无法逃脱。

茉莉当然懂得安妮塔所说的公司“战略考量”。美国高科技行业的快速发展和激烈的竞争环境常常伴随着职场裁员的高波动性。这种波动性不仅体现在企业为应对经济波动和技术变革而进行的周期性调整上，还反映在对业务策略微调的即时反应上。

高科技公司，尤其是硅谷的科技巨头，因其业务模式需要快速适应市场和技术的变化，裁员时有发生。这些公司在面对经济下滑、技术更迭或是产品方向调整时，往往以裁员作为快速调整结构的手段。例如，一项新技术的出现可能会使某些技能过时，或一个市场策略的改变可能需要不同的人才配置。虽然具体的裁员数字每年都在变化，但数据显示，在经济衰退期间，如互联网泡沫和金融危机期间，高科技行业的裁员活动尤为频繁。近期的数据显示，许多科技公司因为经济不确定性而大幅削减了员工数量。据《华尔街日报》和其他业界分析，单在硅谷，就有数万名技术工作者失去了工作。

高科技行业的裁员不仅影响被裁员工，还可能导致整个社区经济状况的波动。在一些高科技企业高度集中的区域，如硅谷，大规模裁员可能导致地方经济状况急剧变化，影响房地产市场、消费水平和地方政府税收。

失业造成的后果通常体现在以下几个方面：一是经济压力。失业最直接的影响就是经济来源的中断，这会带来支付日常开销和账单的压力。担忧如何维持生计和家庭需要可能会造成极大的心理负担。二是对自我价值的质疑。工作不仅是经济来源，对许多人来说，更是体现自我价值和身份的重要部分。失业可能让人质疑自己的能力和价值，导致自我认同感降低；持续的求职失败则会使人对自身能力和未来前景感到迷茫和不确定。三是未来的不确定性。失业带来的未来不确定性会引发强烈的焦虑和恐慌。对于重新就业的可能性、时间长短以及是否能找到等同或更好的工作等问题的不确定性会让人感到无助和焦虑。四是社会隔离感。工作场所是重要的社交场所。失业可能导致与同事的联系减少，使人感到被社会边缘化，这可能进一步加剧孤独感和隔离感。五是情绪波动。面对失业，人们可能会经历从否认、愤怒到最终接受的各种情绪状态。这一过程可能伴随着情绪波动，包括悲伤、沮丧甚至抑郁。

根据美国心理学会的报告，职场的不稳定性是引发职场压力的主要原因之一。而职场的不稳定性对茉莉来说并不是第一次。茉莉的生活轨迹曾在一次假期发生了急剧的转折。

那是一个夏天，她与家人一起回到中国。然而，正当她沉浸在久违的家乡美食和亲人团聚的喜悦中时，美国的工作却如影随形地追了上来。

在茉莉离开的这段时间里，办公室里的政治斗争（Office Politics）愈演愈烈。茉莉负责的项目成为争议的焦点，她的同事和一些竞争对手开始在背后对她的工作提出种种质疑。这些批评的电子邮件不断传到她的工作邮箱里。虽然这是茉莉的假期，但她仍试图远程处理这些问题，她发现自己的努力解释和辩解都是徒劳。那种被误解和不被信任的感觉逐渐积累，最终在又一次收到言辞尖锐的电子邮件后，她决定不再忍受。一气之下，她交了辞职信。

这个决定对茉莉来说本是一种解脱，但现实的压力迅速涌来。她和丈夫不久前刚刚买了房子，是一处令他们非常满意的高级社区，他们也因此背负了高额的房贷。同时，他们的孩子正正当时就读于一所昂贵的幼儿园，那里优质的教育资源与众不同（包括在幼儿园就开始教孩子西班牙语等）。这些是他们不惜一切代价也要给予孩子的最好起点，他们也想如人们所说的那样让孩子“赢在起跑线上”。

在压力之下，茉莉想退出职场，转而在家全职照顾正正，以减少家庭开支。正正有三个星期没有去幼儿园了。这一决定虽然解决了一部分经济问题，但家庭主妇生活的枯燥乏味却给事业心强的茉莉带来了新的困惑。好在茉莉很快地，实际上仅在三个星期内，就有了三个职业工作机会（Offers），而她选择了现在的工作，一做就是十多年。

她本想一直做下去，然后从这个工作岗位上干到退休。但树欲静而风不止。

美国高科技软件行业的更新速度令人瞩目，这一领域不断推进技术和业务模式的边界，云计算、人工智能、机器学习、大数据，每一个细分市场都在经历快速的演变。这种速度不仅对企业的竞争策略产生深远影响，也极大地改变了与之相关的人的职业生涯和技能需求。

技术更新的速度正以前所未有的节奏重塑着人们的生活节奏与社会结构。

在过去，软件的更新是缓慢而可预期的——半年度、年度，甚至更长。人们习惯等待下一代版本的发布，如同等待一本新书或一部电影的续集。然而，这一切在近十年发生了剧变。敏捷开发的兴起，以及持续集成 / 持续部署（CI/CD）理念的广泛应用，使大型科技公司（如谷歌和微软）几乎可以在用户毫无察觉的情况下推送更新。

在移动应用领域，这种快速迭代几乎已经成为行业惯例。一些主要的社交媒体平台每月至少更新一次，而更多时候，是在深夜的背景程序中，完成一次又一次无声的重塑。一只“看不见的手”在操作着应用的每一行代码、每一个按钮的颜色、每一次算法的微调。

这种更新的速度不仅是一场技术竞赛，更是对人类技能结构的持续挑战。根据领英（LinkedIn）与多家研究机构的统计报告，技术人才市场的需求正在重新书写职业地图：数据科学、人工智能、机器学习、云计算……这些过去尚属前沿的领域，如今正迅速进入主流视野，成为新的就业风口。与此同时，JavaScript、Python、Java 等编程语言的持续热度，表明技术底层的通用能力正成为现代人的“第二语言”。

在资本和产业层面，这场快速变革也显现出其惊人的推动力。据市场研究机构统计，全球软件市场正以每年数千亿美元的速度增长，企业级软件解决方案的巨头，如微软与甲骨文（Oracle），依靠不断的技术更新与产品优化，维系着它们在信息科技经济中的领先地位。

然而，变化从来不是无代价的。技术的提速也带来了不容忽视的经济与社会影响。一方面，高技能岗位的需求激增，推动了继续教育与职业培训市场的爆发；另一方面，传统岗位逐渐被边缘化，许多人面临“被时代淘汰”的危机。企业则不得不在技术浪潮中不断自我革新、调整战略、重塑流程，只为不被淘汰。

在社会层面，更深层的挑战也随之而来。技术普及的背后，是对社会整体适应能力的持续考验。数据安全、隐私保护、人与算法之间的关系、工作与生活的界限……这些问题，像是时代之问，正在等待每一个个体与机构给出答案。

更新从未停止，也不会等人。在这场静默却深刻的技术革新中，每一个人既是使用者，也是参与者，更是被改变者。

总之，美国高科技软件行业的更新之快对于行业内外的个体和企业都提出了新的挑战和机遇。与之相关的任何人都需要不断学习和适应，以充分利用这些变化带来的可能性。

现在，茉莉的职业生涯又面临着一场巨大的危机。在同一个公司勤勤恳恳地工作了十多年之后，她突然发现自己可能无法继续留在这个地方。这对于在美国奉献了半生的茉莉来说，是一种极大的心理负担。

回想这一切不是突如其来的。在过去的十多年中，茉莉一直忙于照顾家庭，她的日常生活围绕着孩子的成长和家庭的需要运转。在此过程中，她几乎牺牲了自己的职业发展，没有时间也没有精力跟上她所在领域的最新动态。茉莉不是不聪明，但在工作不断要求的高度适应性和持续的与时俱进面前，茉莉显得力不从心。

再换一份工作不就好了？这种看似简单的建议，在现实中却困难重重。茉莉深知，随着年龄的增长和行业标准的迅速变化，重新进入另一个职场几乎充满挑战。尽管她曾是领域内的管理层佼佼者，但高科技的发展和新工具的应用变化之快让她感到陌生和不适应。此外，职场中对年轻人的偏好使她 40 多岁的年龄也开始成为不可忽视的劣势。

每天，茉莉坐在她那经年累月的办公桌前，面对着电脑屏幕上不断弹出的软件提醒和无数的公司邮件，她的内心不安地起伏着。她尝试着去适应这些变化，学习在线课程、学习相关的知识、参加各类公司培训，但进步的速度远远跟不上行业发展的步伐。关键是她感到学习的时间不够，精力也不够。每一个小错误都在提醒她，她与这个行业的距离正在逐步拉大。

而现在，面对即将失去工作的现实，茉莉感到前所未有的失望。她的职业身份、经济来源乃至自我价值的认同，都在这一连串的事件中受到了挑战。茉莉回顾自己在美国的职业生涯，从一名充满激情的年年绩效卓越（Performance Excellence）的项目管理者到如今被边缘化，她感到无奈又彷徨。

茉莉知道，前方的路不会容易。她需要重新评估自己的能力和可能的职业路径，也许应该考虑转行。无论选择哪条路，都意味着她不得不离开已经习惯了的舒适区。对茉莉来说，这是一场严峻的考验。

晚上茉莉失眠了。

第三章◎公司请来心理治疗师

在公司的决策层眼中，茉莉的问题看似简单明了：一名表现不佳的项目经理需要迅速提高能力，否则将面对可能的职场后果。因此，他们动用了人力资源部门的机制，试图通过“措施”来“修正”这一状况。起初，他们安排了与茉莉的闭门会议，严肃地提醒她必须在规定的时间内做出显著改善。压力压在了茉莉的肩上，即使回到家中也不得安宁。

事实上，90% 对自己家最满意的人表示，他们的家总是或经常让他们感到放松。能够感到放松和平静是幸福的关键。在研究哪些空间可以让人们有机会关掉手机时，研究发现客厅和卧室是最重要的场所。

从傍晚的暮色降临到深夜的寂静无声，茉莉在卧室的每一个夜晚都开始了一场挣扎。被失眠折磨久了，她开始迫切地寻找解脱的方法。终于有一晚，她坐在台灯下，打开了笔记本电脑，在键盘上输入了“治疗失眠药物”几个字，屏幕上跳出的第一个链接便是美国亚马逊的广告。

在这个全球化的网络购物平台上，茉莉像是走进了一家巨大无边的虚拟药店。屏幕上展示着各种各样的药瓶和药盒，每一种药物都附有详细的描述和用户评价，似乎每一颗药丸都让人信服能重返梦乡。她轻轻地滚动鼠标，心中却充满了犹豫。这些药物真的能帮她摆脱夜晚的煎熬吗？这上面的信息真的可靠吗？

每个产品后面都跟着星级评价和消费者的评论。一些评论充满了感激，称赞这些药物给自己带来了久违的安稳睡眠；而另一些评论则提到了药物的副作用，或是治标不治本的遗憾。茉莉在这些声音中寻找着答案，她的手指在键盘上犹豫地跳动。最终，她选择了一种被推荐为"温和有效"的草本睡眠辅助药。她填写了地址，完成了购买，然后合上了电脑。

那一刻，茉莉感到一种复杂的情绪。购买这些药物既是出于无奈，也带着一线希望——希望这是通往安睡夜晚的桥梁。她知道这只是治标之计，真正的解决方法是更深入地探索她的失眠根源。

在药物到达之前的几个夜晚，茉莉试图通过冥想（Meditation）调整呼吸，听放松的音乐来改善睡眠，但这些都无济于事。这时她就会期待地想起那个即将抵达的小小药瓶，和它可能带来的改变，并在心里祈祷。希望，有时候是那么脆弱而宝贵。

茉莉清楚，她的根本问题不是简单的精神压力或是个人情绪问题，而是她感到自己已不再适应这份工作的要求。这个原因她却无法对任何人吐露。

于是茉莉开始采取消极抵抗的方式——她停止上班，通过这种方式逃避那些让她焦虑的问题。然而，待在家里的日子并不平静。她的内心充满了挣扎和不甘。十多年的职场生涯茉莉一向业绩优异，再过几年还可以拿到退休金（Pension）后再退休，她不断地在辞职的念头和未来失业的恐惧之间徘徊。她知道，即使她不主动辞职，随着业绩的持续下滑，她依旧无法保住这份工作。

这种两难的处境让她的心情更加沉重。家成了她的避风港，但也让她坐立不安。每天，她都在反复思考自己的选择和未来的道路，而这种思考非但没有带来解脱，反而让她感到更加疲惫。在职业生涯的十字路口，茉莉陷入了迷茫。

除了工作表现的压力，公司还从另一个角度入手，为她联系了精神健康治疗机构的心理治疗师进行评估和治疗。这本是出于对员工福祉的关怀，也是公司为雇员买的保险，但在茉莉看来，这是多余的。当心理治疗师试图与她接触，通过电话了解她的情况时，茉莉的心墙已经筑起。她不愿接听那些电话，对于留言也置若罔闻，心中充满了抗拒和逃避。

心理治疗师在她的办公室里，拿起电话，拨通了茉莉的电话。她知道茉莉最近的沉默不仅是对话的缺失，更是内心深处的一种挣扎。

电话那头，茉莉的手机在震动着，发出持续而又急促的声音，像在呼唤她的注意。然而，茉莉只是漠然地看了一眼屏幕上显示的名字，没有做任何接听的动作。她的心中充满了疑虑和抵触，她认为与心理治疗师的任何对话都无法解决她心中的那些纠结。对于她来说，那声音的背后，不过是一次徒劳的尝试，无法触及她困境的本质。

心理治疗师在电话那头等待着，直到听见通话被转入语音信箱的提示音。她轻轻叹了口气，但并未放弃，而是留下了一条信息："茉莉，请给我回电。"心理治疗师静静地坐了一会儿，望着窗外，心中怀着对茉莉的关心和希望。她知道，真正的理解和改变需要时间。

而在另一边，茉莉坐在房间里，唯一的光线透过窗帘的缝隙斜射进来，划过她彷徨的面庞。她的手指不自觉地摩挲着桌面，心中充满了矛盾和挣扎。在她面前放着一张空白的 A4 纸和一支笔，仿佛在等待着一个决定，一个关于她是否应该主动辞职的决定。

茉莉深知，这份工作对她来说早已不再是稳定和满足的代名词。每天上班，她都能感受到那股不安的氛围和同事们相互交换的复杂眼神。公司的经营状况一直在下滑，裁员的阴影像一座无形的山压在每个人的心上，而她，可能就在被裁的名单上。

"主动辞职，也许就不必再提心吊胆，而是主动选择。"她心中默念，但这句话随即被另一种声音反驳，"但如果现在放弃，是否就意味着自己从未真正为这份十多年的工作奋斗过？而且再工作几年就可以拿到退休金，现在放弃等于前功尽弃。"她的心在两种截然不同的念头之间摇摆，无法找到一个确切的答案。

她知道，无论是留下还是离开，都无法改变那个已被注定的结局。但是，主动辞职意味着放弃，而被动等待被裁员，似乎在挑战她的心理承受能力。茉莉不喜欢那种被决定的感觉。她感到自己就像被困在了一个无法逃脱的迷宫中，每个出口都通向未知。

在长时间的沉默后，她终于轻轻拿起那支笔，笔尖触碰到纸面的那一刻，写下的每一个字，都像在和过去的自己告别。

茉莉并不知道这是不是正确的选择，但她知道，无论走哪条路，都需要勇气。她希望自己能够从这个决定中找到一条属于自己的道路，即使前方充满了未知，她也愿意为自己的选择承担所有的后果。

茉莉发现了一些关于她所在州的精神疾病治疗机构和心理医师的资源，具体信息还需要进一步查阅专业网站或联系相关机构、官方卫生和服务网站、当地的医院网站，或者使用专业的医疗服务查找工具来寻找心理医师。这些资源通常提供医师的资质、专长领域和联系方式。如果一个人有特定的需求或条件，如寻找特定类型的治疗或专长，直接联系这些机构获取更准确的信息是最好的选择。

在美国心理健康服务体系中，心理治疗师（心理学家）与心理医师（精神病医师）[Psychotherapist（Psychologist）vs

Psychologist（Psychiatrist）］常被人混淆，实则二者在教育背景、执业资格与服务内容上，泾渭分明，各有侧重。这种区别，虽然在制度上早已清晰划界，但在现实生活中，往往只有真正踏入治疗室的人，才会慢慢体会其中的差异。

心理治疗师，这一称谓涵盖了广泛的专业人士——临床心理学家、婚姻与家庭治疗师、临床社会工作者、咨询师……他们通常拥有心理学、社会工作或相关领域的硕士或博士学位，并经过多年针对心理干预技巧、沟通方法与临床实习的专业训练。他们的工作核心是“谈话”，通过建立关系、理解情绪、探索行为背后的原因，帮助来访者与自身的内心达成更深的理解与和解。

与之相比，心理医师的路径则更贴近传统医学。他们是经过医学院严格训练的医生，持有医学博士（MD）或骨科医学博士（DO）学位。完成医学院课程后，他们还必须接受至少四年的精神科住院医生的培训。这意味着，除了理解人的情绪和行为，他们还熟悉神经化学、药物反应和精神疾病的生物学基础。

在资格认证上，二者也分属不同系统。心理治疗师需要取得各州认定的执照，其要求因专业和州而异。例如，临床心理学家必须拥有心理学博士学位，并通过严格的州级考试。相比之下，心理医师要通过全国医学考试（如 USMLE 或 COMLEX），完成临床实习与专科培训后，方可获得行医资格，部分医生还会进一步通过美国精神医学会（APA）认证，成为该领域的认证专家。

最直观的区别在于他们所能提供的服务范围不同。心理治疗师专注于非药物的心理治疗——个体咨询、家庭治疗、危机干预等。而心理医师，作为有医学背景的专业人员，不仅可以进行心理评估和诊断，还能开具处方药，治疗包括抑郁症、焦虑症、精神分裂症等严重的精神疾病。

这两种职业，虽然路径不同，却常在治疗过程中并肩而行。有人在心理治疗师的陪伴下走出内心的迷雾；也有人在心理医师的帮助下，通过药物稳定情绪、恢复身体机能。而在更理想的情况下，二者能够协同工作，为患者提供全面的、“生物—心理—社会”“三位一体”的治疗方案。

在这个关于精神的医疗体系中，每一个角色都承载着不同的专业使命。而对于求助者来说，了解这些差异，不只是对医学体系的认知，更是一种在心理困境中寻找援助的起点。

茉莉还是想坐在心理治疗师的面前。

茉莉坐在淡蓝色的沙发上，手里紧握着一个小小的纸团。房间里充满了安静而专注的氛围，只有时钟的嘀嗒声和窗外偶尔的鸟鸣声打破了寂静。面前的心理治疗师林达，她的眼神温和而充满鼓励，但茉莉的目光却充满了迷茫和怀疑。她心里设了防备，认为这一切都是徒劳的，无法预期怎样的话语能够解开她心中紧紧缠绕的疑惑和痛苦。

“我知道你可能觉得现在说什么都没用，茉莉。”心理治疗师缓缓地说，语气中充满了理解和耐心。“但请相信，每个人都有自己的节奏和解开心结的钥匙。我们在这里不是要立即找到答案，而是要一起慢慢探索，找到适合你的路径。”

茉莉的眼中闪过一丝复杂的情绪，她想反驳，想说出心里那份否定。但话到嘴边，却变成了一声轻轻的叹息。她知道，心灵深处的那个自己，那个真实而脆弱的自我，是渴望被听见和理解的。但她的自我保护意识如此强烈，让她宁愿选择沉默，也不愿意迈出那一步，去面对那些可能的疼痛的释放。

时间就这样一点一滴地过去，心理治疗师并没有急于打破沉默，而是给了茉莉足够的空间和时间。她知道，有时候，最强大的治愈力量就是被耐心地倾听的感觉。

茉莉终于低下头，轻声说：“我不知道从哪里开始……”

这简单的一句话，就像打开了一扇门，虽然还远未到达旅途的终点，但至少，她迈出了第一步。在这个安全的空间里，茉莉开始慢慢地、勇敢地向内探索，即使心中依旧充满了怀疑和不信任。

这一切其实只是茉莉独自在家时在头脑中的幻想。茉莉始终未回复公司为她找的心理治疗师的电话。她自始至终都不认为这会有任何帮助。

当夜幕降临，亚马逊的包裹带来了一线希望。茉莉打开包裹，仿佛打开了通往梦乡的大门。服用后，茉莉的身体渐渐沉入柔软的床榻，思绪渐渐沉入梦乡，带来了短暂安宁的睡眠。

这已是茉莉服用的第八种安眠药了。

第四章 ◎ 警察敲门

公司看到茱莉连续几天都没来上班，就让警察来家探访。在美国，通常只有亲人和警察可以来家里把病患送到医院或精神病院。

在美国，将一个人送入医院，尤其是精神病院，从来不是一件轻率的事。这往往发生在危机边缘——一个人的精神状态已经开始危及自己，甚至威胁到他人的安全时。此时，决定介入的，可能是医生，也可能是警察，或是无助而焦急的家人。

医生，尤其是心理医师，是最常见的启动者之一。在面对情绪严重失控、出现幻觉、有极端行为或有自残倾向的患者时，他们有权根据专业判断，发起一项“紧急医疗保护令”。这项命令意味着患者将被送往医院或精神机构接受强制评估，有时甚至不经过当事人同意。在很多州，这类干预被称为“72小时观察期”——一个短暂而关键的窗口，用于评估个体是否真正构成危险，以及是否需要进一步的住院治疗。

然而，危机并不总是在诊所中被发现。更多时候，它是在街头、家中或者学校里突然而至。当一个人行为失常、语言混乱，或者直接威胁要伤害自己或他人时，执法人员就成了第一响应者。在很多州，警察被授权在“合理怀疑”的情况下将此人送往医院接受精神评估。这类介入通常基于所谓的“紧急心理健康保护”机制，旨在在危险发生前将可能的悲剧控制住。

家人，是最复杂的那一环节。他们既最了解患者的状态，也最容易在面对崩溃边缘的亲人时感到无力。在某些州，家属可以向法院申请，将亲人送去接受强制评估或治疗。这种做法并不简单，它需要家属提交证据、接受听证，有时甚至要在公开场合证明他们深爱的人已不再有能力照顾自己。这是一个撕裂人心的过程，而它的背后，是一种近乎绝望的关爱。

当然，也有一些更正式的程序来自法院本身。当个体因精神健康问题卷入法律纠纷，或无法在审判中维护自己的利益时，法院可能依照专家评估下达命令，将其送入精神病院。此类命令具有强制力，往往是长时间治疗的开始。

在这些不同的路径中，有一个共同的核心——自由与安全的平衡。这类干预涉及对个体自由的剥夺，因此必须在极为严格的法律框架下执行。每一份保护令、每一次强制住院，都需经过权衡与程序审查。美国各州的法律虽略有不同，但基本原则一致：在尊重个体尊严与法律权利的前提下，防止悲剧的发生。

这是一个脆弱且复杂的系统。它介入的，是生命中最脆弱的时刻——当理智开始崩塌，现实变得模糊。而它所保护的，不仅是社会的安全，更是一个人在失控边缘仍被看见、被守护的权利。

早晨的第一缕阳光已经升起，整个世界依旧沉浸在静谧之中。茉莉躺在床上，尽管四周寂静无声，她的内心却是波涛汹涌，无数的思绪和担忧像暗流一样交织。

突然，一阵清晰而坚定的敲门声让茉莉从杂乱的思绪中回神。她起身，穿过房间，心中升起疑惑和紧张。“谁来访？”她的心跳随之加速。

当茉莉打开门，看到两位身着制服的美国警察站在门口，他们的面容上显出人道主义的关切和职业的严肃。

“你好，”其中一位警察开口说道，“我们来是因为有件事需要向您了解一下，不会占用您太多时间。”

茉莉虽然心中满是疑云，但她还是点了点头，礼貌地让开了门，让两位警察走了进来。房间里的空气似乎在这一刻凝固了，她知道接下来的对话可能会改变很多事情，无论如何，她都必须面对。

在茉莉的家中，警察的目光细致地扫过她的面容。尽管茉莉在外表上努力维持着镇定，她的眼神却透露出深深的疲惫。她的脸色苍白，眼下的黑圈像是沉重负担的见证，整个人给人一种脆弱而疲倦的感觉。

一个警察轻轻地与同伴交换了一个眼神，然后他说：“茉莉女士，我们注意到您看起来非常疲惫，我们认为有必要叫紧急救助人员来确保您的健康。”警察认为在这种情况下，安全优先。

茉莉只喃喃地说：“我没事。（I am fine.）”更多的人却一时不知如何回应。她的心中有着太多的思绪，感到自己仿佛正被一股无形的潮水包围，难以自拔。然而，在警察的坚持下，她没有再说什么，这等于认可了警察的决定。

不久后，紧急救助人员迅速到达了茉莉的家门口。救护车的到来在这个平日里分外安静的高档社区中显得格外突兀。几位专业的医护人员携带着必要的医疗设备走进屋内，他们的动作迅速而专业。尽管茉莉反复强调她没事，紧急救助人员还是协助她上了救护车。救护车的门打开了，内部是配备齐全的医疗空间，每一处都准备好应对不确定的紧急救护情况。茉莉上了救护车，她的心中夹杂着更多不安。她完全不知道会这样节外生枝。她有些后悔没早点递交那份辞职信。救护车很快到达了医院急诊室（ER）。茉莉更不知道的是，这段经历将成为她人生中一个重要的转折点。

那是一个仲夏初显的6月中旬，空气中开始弥漫着夏日的炎热。茉莉被送到急诊室的时候，医院里已经是人来人往。在接待区，护士迅速记录下茉莉的基本信息和症状，随后她被引导到一间隔离的诊室。在那里，医生对她进行了一系列的标准检查——听诊、血压测量以及一些基本身体系统评估。茉莉被问及了一连串标准的健康问题，但这些问题和答案似乎都与她的内心焦虑无关。茉莉身体的各项指标均显示正常，没有任何异常症状，医生们并没有找到任何明显的生理病因。

随着时间的流逝，急诊室内的其他患者陆续离开，有的脸上带着轻松的笑容。邻近的一对母女是女儿来接母亲的，被告知身体并无大碍后，母女俩说笑着与医生、护士告别离开，好像他们已经成为朋友。但医院却坚持不让茉莉回家。茉莉被告知不能回家，这让她感到更加焦躁不安。晚餐时间，一位护士走进她的诊室，递给她一个包装简单的三明治和一瓶苹果汁。茉莉虽然无心吃，但也无可挑剔，只机械地吃了几口。又过了很久，护士们开始交班。一名新护士向茉莉透露，她今晚是否能回家，将由一名心理医师做最后决定。这个消息让茉莉心中的疑云更加浓重。

夜色渐深，医院开始静悄悄了。

那位心理医师是通过远程视频问诊的。病房里，茉莉坐在病床上，面对着医院的电视屏幕。现在，它成为她与数百里之外的医生沟通的工具。屏幕上的医生看起来很专业，但语气严肃，隔着屏幕他试图传达他的诊断。“我知道你很想回家，回到熟悉的环境。”电视屏幕上的医生用他清晰的、不容置疑的声音说，“根据我们对你最近的行为和情绪波动的观察，我们认为此时出院可能不是你的最佳选择。”“你被诊断出患有抑郁症。这是一个需要认真对待的问题。”医生的语气变得更加严肃。“我们不希望您在没有足够支持的情况下回家，导致病情恶化。在这里，我们可以为您提供所需的帮助。”

虽然茉莉心里想回家，但她明白医生的话是正确的。她的确最近每天都在与自己的影子作斗争。茉莉争辩了几句，心情复杂。她不知道她是不是唯一一个面临这个问题的人。但她清楚地知道，医院不是温暖的港湾，也解决不了她的问题。她面临的是裁员和后面一系列的多米诺骨牌效应的问题。在医院里这样耗着，舍本逐末地做着所谓抑郁症的治疗，反而成了她新增的烦恼。

在随后两天里，茉莉的生活似乎完全脱离了她的控制，她被困在美国医院的一个小小病房中，24 小时都在被密切监视着。医院病房的白色墙壁，灯光和周遭机械般的医疗设备，时间在这里流动得异常缓慢而凝重。

夜晚，当走廊里的脚步声渐渐消失，茉莉就会静静地躺在床上，呆呆地看着天花板。此时，她的心里除了对未来的担忧，还徒增了对治疗费用的担忧。即使有保险，茉莉也知道医疗保险的覆盖范围始终是有限的，而她的长期治疗和 24 小时监测无疑会带来很多的治疗费用。茉莉心中的这份担忧，让她对医院提供的帮助和支持产生了怀疑，她开始质疑这是否真的值得。在她看来，咨询、药物治疗以及持续的监测和检查已经成为一种负担。那两名来家里的警察又回到了医院，他们与医院在完成交接的程序。茉莉也听到他们和公司的老板在深夜就她的情况互相打电话。大致意思是这个人回家可能会有危险，不能让她离开。

24 小时监护的意思是永远有一个人正襟危坐在病房门前，即使在茉莉睡觉的时候，即使茉莉去洗手间，看护也寸步不离地跟着她，尽职尽责地守在洗手间门口。一天大概是三班倒。而她们是被付薪水的，这是茉莉的医疗保险公司和医院之间的约定。茉莉非常担心自己要负担医疗费，即使只是一部分。因为世人皆知美国的人工劳力多么贵。

正在她心急想回家的时候，一个守在门口的看护闲聊时好心地告诉茉莉，现在她住的还仅仅是普通医院，他们会把茉莉送到专门治疗精神疾病的医院。看护透露，那边也不是随时都有床位。现在茉莉就是在等那边的空床位。茉莉其实心里知道医生、警察他们为什么这样“重视”她这个病患，因为他们在她手腕上发现了几道明显的暗红色割痕。

第五章◎完全与世隔绝的『豪华』精神病医院

茉莉被通知精神治疗医院有位子了。那一天，一名警察和一名社会工作者驾车将她送往这家著名的医院，对她来说是一次未知的旅程。

他们走的不是医院的普通通道，而是直接站在一部封闭的电梯口前，前往封闭的六楼。护士下来和前面的警察和社会工作者做了交接。茉莉身上所有的东西都被仔仔细细地检查了一遍，并一一做了记录，包括钱包里的钱。茉莉被警察和紧急救护车带走的时候未做任何准备。她前天刚从银行取了几千美元，很不情愿让医院看到厚厚的一沓钱，但也万般无奈，好在医院承诺会保管好。所有茉莉的私人物品都先被医院保存，直到患者被准许出院时才会归还，这也包括手机。

可能所有人与茉莉一样非常惊讶地发现手机也被“保管”了。

当茉莉被告知她的手机也需要被“保管”时，一种深刻的无助感油然而生。在今天这个时代，手机不仅是一个通信工具，更是个人生活的重要组成部分，它连接着外界的信息、社交网络，甚至是情感交流的纽带。一个人没有手机怎么活。茉莉感觉到失去它仿佛被剥离了一个至关重要的生活部分，失去了（即使是暂时的）与世界连接的最后一根绳索。茉莉更意识到从这一刻起，她已经失去了（即使是暂时的）自由。

然后茉莉被交给了护士。电梯缓缓上升，最终停在了六楼，那里是一片专门为需要特别照顾的精神病患者准备的区域。电梯门开启的那一刻，茉莉吸了一口气，跟随着护士，走向她在这个新环境中的第一个停留点。茉莉除了身上那件她当天在被紧急救护车带离家时穿的灰色长裙，连绑头发的橡皮绳都被要求取下来交给医院的工作人员。因为这里是精神病医院。

封闭的六楼显得既安静又神秘。她被引导进入病房，那里的每一项规定都在提醒她，这不是一个普通的医疗设施，而是一个精神疾病医院。这里的规矩旨在确保患者的安全，即便这些规矩在外人看来可能过于严苛。当护士温和但坚决地要求她取下头发上的所有橡皮绳时，茉莉才真切地意识到，她所剩的私人空间正在急速缩小。现在的茉莉几乎没有任何个人物品可以携带进入这个严格管理的环境中。在美国的精神疾病医院中，这样的做法是常规的安全措施，旨在防止患者利用任何可能的工具伤害自己或他人。在这里，每个人都是病患，而每个病患都必须遵守规则，个体的偏好在这样的场所里几乎毫无意义。

茉莉感觉她所能控制的，仅限于她的思想和她所在病房内的走动。她处于一个被严格监控的空间里。她感觉自己正被这个世界遗忘。她同时对治疗感到疑虑重重。她本是因担心失业而焦虑，现在这个原因没有解决，她还被关在这里。她甚至开始怀疑自己是否真的能从这样的环境中走出来。

每一天，在医院规定的活动时间之外，茉莉都会坐在窗边，凝视着窗外的世界。那些树木和远处的建筑物似乎在提醒她，还有一个更广阔、更自由的世界在等着她。同时，这也是一种折磨，因为她知道自己暂时无法触及那个世界。

这所著名医院的著名精神治疗部门在完全封闭的六楼。进来难，想出去更难。当然这是茉莉后来才知道的，进来要经过批准。被接纳进入美国这所著名精神病医院并不容易，这听上去有些讽刺，但的确不是什么（精神）患者想来就来的，而是有着严格程序和规定。在这里，每一个患者的接收都必须经过详尽的批准过程，包括从医疗评估到保险再到安全审核。当然医院应该本着人道主义接收些没有保险的人，但一定有个比例。最主要的原因是医院本身的二十多个单人病房，这种设置旨在提供一个更加个体化且集中的治疗环境，同时方便对患者进行精细化管理。

患者房间的设计都"极尽考究"，以确保没有任何可能导致患者自我伤害的风险。此外，所有的家具都固定在地面或墙面上，确保它们不会成为潜在的危险工具。房间内部是传统的布局，没有任何形式的绳索或类似挂绳的装置，包括窗帘杆或衣架，以防被用作自缢的工具。房间的浴室和卫生间合二为一，设计在同一个密闭空间内，以减少任何可能的伤害行为。

此外，房间的窗户是固定的，玻璃加厚且不可开启，防止患者尝试逃脱或自残。房门同样没有传统意义上的锁，保持了工作人员随时介入的可能性。

在这样一个“高级”的、被高度设计的环境中，每一处细节都反映出对患者安全的极度重视。然而，这样的环境不可避免地带来了一种奇怪的感觉，每个患者都被密切观察，几乎没有任何私人空间和自由。这种高度控制的生活方式，对于习惯自由的茉莉来说，是一种极大的不习惯。更因为她其实并不是一位精神病患者，至少她自己不那么认为。就茉莉而言，这个环境是对她情感和心理的一大考验。虽然她理解这些严格措施的必要性，但生活在如此压抑的环境中，每天都要努力适应这些规则，同时寻找保持心理健康的方法。

在这家专为精神病患者设计的医院中，监护措施之严格几乎到了令人难以置信的程度。其中，最引人注目的便是全天候的患者监控制度。无论是白天的繁忙时段，还是夜深人静的凌晨时分，每隔十五分钟，总会有一名护士或社会工作者推开房门，用平静的语调说：“只是检查一下。”这样的例行公事，对患者的私人时间毫不留情——无论患者是否正在深睡，是否在浴室里洗澡，或是简单地坐着休息，护士都会如此行事。这种不间断的检查程序训练有素，目的是确保患者的安全，防止任何自伤或伤人的行为发生。然而，这种高频率的打扰无疑给患者带来了极大的心理不适。尤其是在夜间，当患者被护士突然唤醒，被严肃地询问“你有伤害自己或他人的念头吗”时。

茉莉在第一次被唤醒时，她彻底蒙了。但她只简单而平静地回了一句“当然不会（Of course not）”。她先是意识到在这个寻求帮助和治疗的地方，自由和隐私仍是难以获得的奢望。而后茉莉开始更加质疑，连续不断的安全检查是否真的只是为了患者的福祉，还是另有其他更深层的医疗体系和治疗逻辑在驱使。后来这种高强度的监控和干预让她逐渐认识到，这其实是治疗的一部分：他们想激发出患者想回归正常社会和重获自由的内在机制！只有这样，患者在遇到情况时，才会以正念解决问题，而不是遇到困苦就想伤害或了结自己或伤害他人。

茉莉在精神病院中独特的经历，虽然极富挑战，却也成为一种难以名状的深刻的生活体验。她逐渐开始对极端环境有了更深的理解。

第六章 ◎ 进来的每一个人第一天就想回家

每天早饭时间，茱莉和其他六楼的患者都会被点名去取餐或去餐厅就餐。早饭后患者要在护理人员面前把医生开的药吃下去，晚饭后和9点就寝前同样如此。护士们会仔细检查每位患者是否将药物吞下，以防有人试图藏匿药物或拒绝服药。这让茱莉想起了美国电影《后翼弃兵》(*The Queen's Gambit*)。它讲述了国际象棋神童孤儿伊丽莎白·哈蒙的成长故事，她在努力成为一名优秀国际象棋棋手的同时，还与情绪问题、毒品和酒精依赖作斗争。故事发生在20世纪50年代中期至60年代。影片中就有哈蒙童年时期在孤儿院排队领药的镜头，而每次哈蒙都把药片压在舌头底下。该影片的片名指的是同名的国际象棋开局。

每天都有医生——实际上是心理医师和茱莉谈话。这绝不是简单地询问病情，而是通过谈话，看患者的状态和进展，调整给她开的药。再根据患者的恢复情况决定什么时候让患者出院。这样的对话是茱莉在医院中日复一日的重要日程。对话的主导者是心理医师，他作为治疗者，细致观察茱莉的心理状态有没有往好的方向转变。

茱莉从来没有去过主任医生的办公室，其他人也没有，都是医生来到病房。只有一次，另一位医生和茱莉的对话在一个简洁的小型会议室里。一个安全的环境，那位心理医师年纪大些，比较和蔼，营造出一种既专业又亲切的氛围。但那次的谈话几乎让茉莉崩溃。

心理医师辛德与茉莉坐在一间小型而简洁的会议室里，屋子里只有一张简单的会议桌和两把椅子。医生指着小会议室桌上的电话，亲切温和地示意茉莉打给正正。

茉莉的手微微颤抖，心跳也不由自主地加快了。她拿起电话，拨下号码，电话接通的声音从听筒里传来。电话那头传来熟悉的声音，正正接起了电话。听到是妈妈打来的，正正显然有些意外，但更多的是开心。他的声音中带着惊讶："妈妈，你怎么这么长时间都没有联系我们？你的电话打不通啊。我们都非常担心。"

茉莉听着儿子的声音，内心的情绪如潮水一般涌来，支支吾吾地说了一句："我……我在医院里……"话音未落，眼眶已开始湿润，喉咙像是被堵住了，话再也说不下去了。茉莉感觉自己似乎再也无法控制自己的情绪，内心的痛苦和愧疚像一把锋利的刀，刺得她喘不过气。

听着母亲的话，正正似乎察觉到了她话里的不安与悲伤，顿了顿后试着安慰她："妈妈，我现在正在外面购物呢，等我回到住所，我会再给你打电话。"

茉莉听着儿子的话，心里更加难过了。因为，即使正正真的打过来，她也接不到这个电话。她的手机早已被医院"保管”，无法联系到她的孩子。

辛德医生说：“你听上去非常痛苦。”

国学大师曾仕强曾说，一个女人一生有五个关口：情关，婆关，产关，异性关，守寡关。其中的产关，只有女人能做。他说：“怀胎十月，以及产前、产后的种种事务，对妇女来说，当然是大关卡。生产这一关，带给妈妈喜悦，却多了繁重而困难的教养工作，大多数也是母亲的负担。”曾大师这样教导。于茉莉而言，她是非常幸运的。她常常感到正正是来报恩的。但教养孩子这么多年无疑需要巨大的时间和精力，同时意味着巨大的牺牲。茉莉面对生命中的“产关”，其经历是挑战也是恩赐。

怀孕对茉莉来说是一个充满期待和不安的时期。那十个月里，她感受到了生命的奇迹，也承受了身体的极限。每一次微小的踢动都是与未来孩子的一次对话，每一阵痉挛的疼痛则是提醒她，新生命的到来是多么艰难而震撼。然而，当她在分娩台上经历了 6 个小时的劳累和痛苦后，抱起那个新生命，所有的痛楚仿佛都随着看到她的孩子而消融了。茉莉直到后来还常常回忆新生儿被推进休息房的时刻，她和丈夫小心翼翼地从护士手中接过正正的情形。当时丈夫兴奋得一夜未合眼。

茉莉很快发现，母亲的角色远比她想象的复杂。从不眠之夜的喂养到疾病中的焦虑，从孩子成长的喜悦到养育上的疑惑，每一个阶段都考验着她的耐心。而茉莉本是最没有耐心的。正正的成长像一面镜子，映照出茉莉自身的成长和变化。

也许每一个母亲都是通过子女来重新定义自己的身份，茉莉也不例外。她的世界因为正正的到来而变得忙碌而不同，但这也意味着无数次地放下她自己，将时间和精力无限和永远优先地提供给孩子，不是其他人，也不是她自己。在抚养这个小生命的过程中，她无条件地去爱，包括牺牲她自己。教养孩子无疑是一场漫长而复杂的旅程，充满了牺牲和奉献。但对茉莉来说，这也恰恰是她作为女性、作为母亲在世界上独一无二的印记。

会话开始时，医生总是先从茉莉的日常感受谈起，亲切地询问她的睡眠质量、饮食习惯及其他情况。这些看似琐碎的细节，却是医生评估茉莉整体健康状况的重要线索。随着对话的深入，医生会逐渐引导茉莉探讨更为深层的话题，如她的家庭关系、过往的创伤，以及触发她当前疾病和情绪的事件。

这些对话绝非简单的病情询问，而是一种策略性的交流，通过它，医生能够观察到茉莉的情绪波动和认知模式，进而调整治疗计划。每次谈话后，医生都会详细记录茉莉的反应和进展，这些记录帮助他决定是否需要调整药物剂量，或是尝试不同的治疗方法。

此外，这些对话也是判断茉莉何时可以离开医院的重要依据。医生需要确信茉莉已经具备了足够的自我管理能力和社会适应能力，才会考虑让她回家。每一次的进展，无论是微小的行为改变还是情绪的稳定，都可能成为她离开医院的关键因素。如果患者说自己没病，想回家，那是不行的。每位患者能不能离开医院都由一个所谓的治疗小组说了算。这个治疗小组由心理医师、社会工作者和护士组成，也有来自著名医学院的实习生。

不夸张地说，进来的每一个人第一天就想回家，但这并不容易。每个人都被精神病医师做了诊断，有抑郁症、双向情感障碍（Bipolar Disorder）、妄想症等，病症都不一样。这些人被认为是对自己或对周围是不安全的人。要能证明真的好了或者危险不存在了，才能准许他们离开。否则以后可能还会回到这里，而“二进宫”“三进宫”，即第二次、第三次回到这里的人并不在少数。这也是茉莉后来才知道的。

这个多学科团队负责评估每个患者的心理状况和安全性，制订个性化的治疗计划。他们的判断基于一系列复杂的医学和心理评估，考虑的因素包括患者的精神状况稳定性、对自己或他人的潜在威胁，以及他们对治疗的反应。

在美国，精神疾病的分类体系并不随意，而是建立在一部厚重而复杂的指南之上：《精神障碍的诊断与统计手册》（*Diagnostic and Statistical Manual of Mental Disorders*，DSM）。这是由美国精神医学会（APA）制定的行业标准，被广泛应用于诊断、研究、治疗乃至法律和保险体系中。它既是一份临床工具，也是一面文化镜子，映照着这个国家如何理解

“精神正常”与“精神病态”的边界。

在 DSM 的分类中，精神障碍被划分为多个类别，每一类都标志着不同的内心挣扎和行为异常。以下是其中最为常见，也最具社会影响力的几类。

一、焦虑障碍（Anxiety Disorders）

这是现代社会最为普遍的心理困扰之一。它不仅是紧张或不安，而是一种长期、过度、无以名状的恐惧，像无形的风暴在心中反复盘旋。典型表现包括广泛性焦虑障碍、恐慌障碍、社交焦虑症，以及对特定事物的强烈恐惧症。它们不但折磨心性，更影响睡眠、工作、人际关系等日常功能。

二、情绪障碍（Mood Disorders）

情绪的起伏，是人类体验中最自然的部分，但当悲伤无尽延绵，或兴奋无比高涨时，它可能已经演变为疾病。抑郁症、双相情感障碍、持续性抑郁障碍等，正是这一类别的代表。它们改变的不只是人的情绪状态，还可能左右其对生活的希望、动力甚至生存意志。

三、精神病性障碍（Psychotic Disorders）

这是一类最能撼动现实感的疾病。精神分裂症、妄想障碍等，常伴随幻觉、妄想、思维紊乱，甚至完全脱离现实。对患者来说，世界的逻辑可能被彻底改写，而对身边的人来说，这种变化往往带来恐惧与不解。

四、饮食障碍（Eating Disorders）

这类障碍的战场在餐桌之上，却深藏着对控制、完美与自我形象的深层挣扎。厌食症、贪食症和其他进食障碍，不仅损害身体健康，更让人陷入一种极端的自我否定与惩罚的循环中。

五、创伤与应激相关障碍（Trauma-and Stressor-Related Disorders）

创伤并不会因事件过去而自动痊愈。在创伤后应激障碍（PTSD）或急性应激障碍中，过去像幽灵一样反复重演，带来闪回、惊恐、情绪麻木甚至彻底的社会隔离。它们常见于战争老兵、遭受家庭暴力、性侵或灾难幸存者身上。

六、强迫性及相关障碍（Obsessive-Compulsive and Related Disorders）

在这类疾病中，人的思维与行为仿佛被一只无形的手反复拉扯。强迫症患者被反复出现的念头困扰，为缓解这些焦虑感，不得不执行特定的仪式性动作，如反复洗手、检查门锁，哪怕清楚地知道这并不合理，却难以停止。

七、物质使用与成瘾障碍（Substance Use and Addictive Disorders）

这类障碍揭示了化学物质对人的精神控制力。无论是酒精、阿片类药物，还是新型毒品，它们不仅摧毁身体，也破坏家庭、职业与人格。成瘾者常陷入“知道却无法停止”的循环中，精神与意志渐渐被消磨。

八、神经发育障碍（Neurodevelopmental Disorders）

这类障碍通常从童年早期就开始显现，影响着学习、自控能力、社交互动和发展轨迹。注意力缺陷 / 多动障碍（ADHD）、孤独症谱系障碍（ASD）和特定学习障碍是最常见的几种形式。这些孩子在传统课堂中常被误解为“调皮”或“慢”，实则他们在用不同的方式与世界对话。

在美国，DSM 不仅是一套临床语言，它也深刻地塑造了社会对于“心理疾病”的认知框架。从保险公司是否赔付，到法院是否接受“精神障碍”辩护，再到普通人对身边异常行为的理解，这本厚重的手册无处不在地影响着我们的生活。

茉莉被诊断为抑郁症。其他患者被诊断出各种精神疾病，从抑郁症、双相情感障碍到妄想症等，每个人的病情都有所不同。这些精神疾病使他们被视为对自己或他人可能构成危险的人。因此，任何有关出院的决定都是在慎重考虑后做出，目的是确保患者真正地恢复，避免未来可能的危险和再次入院的情况发生。

在美国，精神疾病并不是被边缘化的存在，而是一种深入社会肌理的公共健康问题。根据美国国家精神健康研究所

（NIMH）的数据，每年大约有10%的美国成年人经历严重精神疾病。这是一个沉重的数字，意味着每年有超过两千万美国人正面对着看不见的风暴，有的人学会与之共处，有的人则挣扎在崩溃的边缘。

精神病患者的画像不是单一的。从统计上看，女性更容易报告患有精神疾病，特别是在焦虑和抑郁方面。但这并不意味着男性的状况较轻——男性更少寻求帮助，自杀率却更高，这是一种更为沉默也更为致命的痛苦。

精神疾病没有年龄限制，但某些疾病偏爱年轻人。精神分裂症、双相情感障碍往往在青少年后期或二十岁出头首次发作，恰恰是在一个人人生路径初定的关键阶段。而年长者，则往往面对另一种心理困境——孤独、丧失与认知衰退，它们悄无声息地侵蚀晚年的尊严与稳定。

患病带来的不仅是内心的混乱。自我伤害与自杀是精神疾病最可怕的阴影。而与此同时，社会偏见、就业歧视、医疗资源的不均，也让许多患者在症状之外，还要背负额外的重负。研究显示，精神疾病患者在身体健康方面的风险也更高，慢性病、生活质量下降、寿命缩短，这一切都构成了他们更隐蔽的脆弱。

但精神病并非不可对抗，它的治疗是一场多维度的协作。

最常见的干预是药物治疗，从抗抑郁药、抗精神病药，到情绪稳定剂，这些药物虽然不能治愈疾病，却可以为许多患者提供稳定生活的机会。

与此同时，心理治疗作为另一根支柱也不可或缺。无论是结构明确的认知行为疗法，还是更深层次探讨潜意识与人际关系的精神动力学治疗，抑或是日常陪伴式的支持性治疗，都在尝试帮助患者重新组织自己的精神世界。

对于病情严重者，住院治疗仍是必要的手段。那些由专业医护团队提供的密集治疗，往往是危机干预的关键。而出院之后，社区康复服务便成为维持康复的长期保障。无论是就业辅导、住房协助、团体治疗还是日常生活训练，这些服务的存在，是患者能否真正“回归社会”的分水岭。

在美国，有一些精神病治疗机构因其专业性与人道主义精神而享誉全国，甚至全球。

约翰斯·霍普金斯医院，位于马里兰州巴尔的摩，不仅是医学研究的重镇，也因其心理健康科的深厚积淀而在精神病治疗界独树一帜。

麦克莱恩医院，位于马萨诸塞州，是哈佛医学院的附属机构。这里治疗过无数患有重度抑郁、焦虑、人格障碍的患者，也孕育了大量精神病学领域的开创性研究。

梅奥诊所，这个以高标准医疗闻名的机构，也将同样的严谨应用于精神健康领域，提供从药物到心理干预的综合治疗。

这些机构不仅是治疗的场所，也是无数心理疾病研究的实验室，是一个国家如何对待精神健康的现实缩影。

在统计数字与医学术语之外，精神病患者的故事，归根结底是人的故事。是那个在夜里无法入睡的年轻人，是那个在超市突然崩溃的母亲，是那个三十年来都在药物与幻觉之间摇摆的退伍军人。他们的生活，也许不再平静如常，但依然值得理解、尊重与认真对待。

茉莉逐渐认识到，美国医院确是为了所有患者的最终康复和长期福祉考虑。但这真的管用吗？

第七章 ◎

呼吸自由的空气曾是奢求

在后来的一个宁静的早晨，茉莉正在她家前院的花园里忙碌着。阳光洒在新栽的紫色绣球花上，使其色彩看起来格外鲜艳。正当她满意地欣赏着这些花朵时，邻居鲍勃走过来打招呼。

“早上好啊，茉莉！你的绣球花真是太漂亮了，颜色鲜艳得惊人。”鲍勃赞叹道，他的眼睛被大花朵吸引住了。茉莉微笑着回答：“谢谢你，鲍勃。它们是刚刚种下的，这可能是你之前没注意到的原因。”鲍勃点了点头，看了看自己穿的紫色衬衫，然后看向那些花朵，发现色彩惊人的相似。“我也应该在我家种一些。你看，它们的颜色和我的衬衫简直是一个颜色。”两人笑了笑。

有时茉莉不在家时，也请邻居鲍勃帮她拿信。茉莉便邀请鲍勃在门廊（Porch）上喝杯茶，品尝核桃酥等小点心，顺便给他一些关于园艺的小建议。当他们走向前门时，茉莉注意到门口有一个包裹，是她的同事送来的一盆龙骨[①]。茉莉拆开包裹，欣赏着这盆新添的绿色小精灵。“看，这是龙骨，”茉莉对鲍勃解释道，“在我们东方的传统里，它能带来好运。”鲍勃对

① 龙骨是一种在东方风水中被认为能带来好运的植物，非常适合放在家中。

这种东方的智慧表示出浓厚的兴趣，他们在茉莉的门廊上边喝茶边聊天。茉莉分享了关于龙骨的一些趣事和如何照顾这种植物的小技巧。

那个早晨，随着新植物的到来和邻里间的友好交流，静静的庭院有了一种淡淡的温馨和喜悦，这让茉莉感到满足和快乐。通过分享自己的园艺爱好和接受来自朋友的礼物，她又体会到了喜悦。望着眼前的植物，茉莉的思绪再次回到了四年前——曾经，呼吸自由的空气是一件多么困难的事情！

再豪华的医院也是医院，而再豪华的精神病医院也仍像一个监狱。意思是出来不容易。在精神病医院的厚重墙壁内，茉莉感受到的生活远远不同于外面的世界。这里，每扇窗户都是封闭的，玻璃透明而坚硬，既是她与外界唯一的视觉连接，也是自由的屏障。对茉莉和许多病友来说，医院与监狱类似，都有固定的日程、严格的规定和不断的监视，让人每天的生活变得单调甚至压抑。

夏天的午后，医院外面的世界经常会迎来阵阵暴雨。茉莉坐在她房间的床上，目光透过玻璃窗，看着外面的雨水如瀑布般倾泻而下。雨水在窗外汇聚成流，湿润却永远触及不到她的肌肤。她可以看到雨后的水汽腾起，却无法感受到那股湿热的气息，更无法呼吸到雨后清新的空气。在这样的午后，自由对茉莉来说，变成了一种遥不可及的奢侈。她想象着如果能走出这扇门，感受雨水洗礼后的清凉，那种感觉一定非常美妙。然而，这一切只能在她的想象中实现。真正的自由，如同窗前随风飘扬的树叶，似乎触手可及却触摸不到。窗外的世界充满了自然生命的活力与韵律，但精神病医院的墙内，时间似乎静止了。茉莉的每一天都在重复着相同的节奏：醒来、吃药、接受治疗、参加康复活动、与心理医师谈话、睡眠。她渐渐感到自己像是被遗忘在角落里的一朵无人问津的花。

尽管如此，茉莉还是保持着一线希望。她知道，虽然现在她被限制在这间小小的房间里，但总有一天，她会再次踏出这扇门，呼吸到自由的空气。那一天，她将不再只是透过窗户望向外面的世界，而是亲身步入那个充满无限可能的世界。直到那时，她只能在心中默默地画下雨后的世界，用她的想象力去抚慰内心的渴望。

医院里供应三餐，但显然，精神病患者不能像医院里其他患者那样去餐厅吃饭。每到用餐时间，一辆装满餐食盒（Order Tray）的大推车就会缓缓到达六楼，楼道里随之响起工作人员的呼喊：“中饭来了！”或“晚饭来了！”这种喊声打破了这层楼平常的静谧，引起患者们的注意。对于那些不想吃饭的患者，如果他们没有及时出现来领取自己的那一份，他们的名字便会被不断重复呼唤，直到他们出现为止。这种方式使用餐这一日常活动显得有些尴尬和被迫。其实这也正是呼唤精神病患者回归正常生活的治疗方式之一——毕竟正常人是正常吃饭睡觉的。

对许多患有抑郁症的人来说，吃饭不再只是满足生理需要的日常动作，而变成了一场无声的斗争。他们不是吃得太多，就是吃得太少；不是睡得过多，就是彻夜难眠。这种失衡，不仅体现在心理上，也逐渐渗透进最基本的生活节奏中——一日三餐也无法幸免。

抑郁的胃口是沉默的。有些人食欲全失，面对盘中的食物感到恶心，连咀嚼都变成负担。他们忘了饥饿的感觉，不是有意识地拒绝进食，而是身体本能地对食物失去了兴趣——曾经热爱的味道，如今淡如嚼蜡。日复一日，这种拒食逐渐转化为体力的虚弱与精神的衰退，恶性循环慢慢展开。

而另一些人，则走向了另一个极端。他们在甜食和油脂中寻找慰藉，像是用糖来堵住心里的空洞。他们可能会在深夜无声地打开冰箱，一口一口塞下薯片、蛋糕、炸鸡——不是因为饿，而是因为孤独、无助，或者仅仅是因为那种咀嚼的节奏能暂时让思绪停下脚步。这种暴饮暴食之后，伴随着的往往是更深的羞愧和内疚，使他们陷入更深的情绪泥沼。

抑郁症也悄悄地改变了人们的味觉记忆与饮食偏好。他们开始远离富含营养的食物，转向那些“快感迅速、回报立刻”的垃圾食品。高糖高脂的食物变成了精神的“速效止痛药”，而身体却在悄然承受着代价。

就连“吃饭”这个动作本身也不再轻松。有些人无法从食物中获得哪怕一丝愉悦感，即使眼前是他们过去最爱的家常菜——那碗热汤，那盘酥脆的煎饺——也变得毫无意义。食物成了任务，吃饭成了例行公事。更有甚者，在每一次进食中感到焦虑，尤其是那些对体形与体重格外敏感的患者。每一口下咽的食物，都伴随着罪恶感，一如每一个情绪的波动都藏着无声的自责。

社交，也被餐桌隔离。很多抑郁症患者会逐渐远离家庭聚餐、朋友聚会，害怕自己的情绪“污染”了气氛，或者根本无法忍受坐在餐桌前假装正常。他们开始一个人吃饭，或者干脆放弃吃饭。饭，不只是食物，更成了一面镜子，映照出孤立、疏离和情绪失控。

在患病严重的阶段，患者甚至连准备饭菜的力气都没有了。购物、烹饪、清理，这些日常琐事在抑郁症的笼罩下都变得难以完成。很多人依靠零食度日，不是出于选择，而是出于无能为力。生活的节奏失控，身体的基础被瓦解。

但这并不是没有出路的迷宫。

医生和营养师正在尝试用科学的方式介入这一切。营养干预正变得越来越重要——合理的饮食搭配、维生素的补充，帮助抑郁症患者重建身体的基本运作。而认知行为疗法等心理干预手段，则致力于让患者重新认识饮食的意义，修复那些被负面思维污染的进食模式。

一些治疗团队鼓励患者设定规律饮食时间表，哪怕从一天三顿变成一天两顿，也是一种节奏的重建。他们尝试让患者重新找回对食物的感知——味道、温度、气味，甚至是与人共享的片刻温暖。吃饭，不只是营养的摄入，更是生活的重建，是对“我还在”的温柔确认。

在与抑郁症的长期抗争中，吃饭可能只是一个小环节，但却往往是第一个能重拾“生活感”的支点。哪怕是一碗热粥、一块面包，只要能唤醒一点点熟悉的味道，它就可能是走出黑暗的一束微光。

尽管茉莉对医院食物的期待不高，实际上她都不怎么吃饭，但她也会饿。

茉莉喜欢这里的汉堡包①，这已经成为她在医院日常中小小的慰藉。其实这是普通的汉堡包。但茉莉认为汉堡是美国人最伟大的美食。医院的汉堡做得不赖。它的面包是金黄色的，外层微脆，内部柔软而富有弹性，每一口都透着淡淡的麦香。汉堡肉饼在锅上煎至外焦里嫩，散发着诱人的肉香，肉汁丰富而不油腻。夹在肉饼和面包之间的是新鲜的生菜叶、一片厚切的西红柿和几片脆爽的黄瓜，再加上一点点的美乃滋和番茄酱，还有那微微的芥末味，使整个汉堡包的味道很丰富。

---

① 抑郁症患者可能会改变他们的饮食偏好，例如，他们可能倾向于选择那些能快速提供能量和心理安慰的食物，如垃圾食品和甜食，而不是营养均衡的餐点。

所以后来茉莉经常点汉堡包。她一开始经常不吃晚餐，可是所有这些都会被记录下来，作为患者不正常或没有回归正常的依据。

在精神病医院里，“吃饭”这件事，与我们日常理解的吃饭有着本质上的不同。它不再是一个简单的生活动作，也不仅是为了填饱肚子。在那扇厚重的病房门后，吃饭是一种管理、一种干预，更是一种制度化的存在。

对普通人来说，用餐是一种自由。

你可以在任何时候、任何地点，独自一人品味一碗热汤，也可以与朋友围坐在火锅旁大笑畅聊。你可以挑剔口味，拒绝某种食材，甚至因为心情不好而干脆不吃。这些看似微不足道的细节，构成了饮食作为一种日常体验的丰富性。

但在精神病医院，吃饭是一场被安排好的程序。

用餐时间固定，地点限定——不是在温馨的厨房或热闹的餐厅，而是在病房餐厅，或是病房的一角。医院提供的是标准化的营养餐，热量与成分都经过计算，目的不在于美味，而在于维持身体的基本运转。

而这些餐点都不是患者的选择。他们吃的，不是他们想吃的，而是医院提供的“认为他们该吃的”。

更重要的区别是“监督”。

普通人吃饭，是一种私人甚至亲密的行为。你可以狼吞虎咽，也可以细嚼慢咽；可以在饭桌上哭，也可以笑。但在精神病医院，用餐从来不是一件可以独立完成的事。每一顿饭，都有护士或看护在旁。有时候是为了防止有人偷偷藏匿餐具、自残或攻击他人；有时候是为了确保患者确实进食，以防他们因病情影响而拒绝进食，导致营养不良。

这种监督可能是必要的，但对患者来说，也可能是一种无形的压迫。有些患者因为紧张而吃不下饭，有些患者则因感觉“被盯着”而变得更加封闭。他们咀嚼的不只是食物，更是对自我控制力的不断试探。

餐桌上也有孤独。

对普通人来说，用餐往往带有社交的意味。我们在饭桌上谈天说地，连接关系，构建亲密关系。但在精神病房，这种社交是稀少的。即便有人同桌，交流也是寥寥，很多患者处在情绪或认知障碍中，很难建立起稳定的人际互动。即使医院鼓励患者之间的简单交流，这种交流往往也止步于点头、沉默或目光游离。

这不是一顿饭的问题，而是一种状态的映射。

在精神病医院，吃饭反映出一个人正在经历的精神困境、行为控制和生活秩序的重建。它既是治疗的一部分，也是恢复的一面镜子。能不能按时吃饭、愿不愿意吃饭、有没有能力吃饭——这些看似细小的问题，实际上指向患者是否在慢慢回归一种生活的可能。

有些患者开始时只能吃几口，几天后就能吃完整份主食，几周后开始问“今天有没有汤”。这是一种缓慢但真实的修复过程。食物是最原始、最具体的希望载体。

在这里，吃饭不再只是关乎“味道”，而是关乎“存在”。

在这家精神病医院的餐厅里，每到用餐时间，气氛总是带着几分复杂与沉重。患者们分坐在几张不同的桌子旁，虽然大家偶尔低声交谈或默默用餐，但难以掩盖的是他们对周围座位变化的敏感。每当有新的面孔出现，或者熟悉的面孔消失，餐厅中都会流动着一种微妙的情绪。

新进来的患者往往带着一种不安与迷茫，他们对于这个新环境的陌生感和对未知的恐惧在用餐时显得尤为突出。他们的到来，往往会引起其他患者的注视，大家都在试图判断新来的人会带来什么变化，或者他们的病情是否与自己相似。而那些突然不见的面孔，更是在餐厅中掀起一阵阵心理的波动。不用明说，这些人要么是病情有所好转，被允许回家，要么是转到了其他医疗机构。这种变化虽然是每个人都期待的解脱，但当它真正发生时，却带来了复杂的失落感。昨天还一起共进晚餐的人今天就空出了座位，那种空缺带来的不只是惊讶，更多的是一种羡慕——羡慕那些能够离开、重返自由世界的人。

这种情绪在餐厅里蔓延开来，每个人都在心底默默计算着自己可能回家的日子。尽管彼此之间没有深厚的情感联系，毕竟每个人都在面对自己的困境，但共同的环境和相似的遭遇让这种分离带来了意想不到的情感。每一次的“离开”都是对剩下的人的一次心灵触动，提醒着他们继续在这封闭空间中寻找康复。在这种复杂的情感纠缠中，患者们继续他们的日常——吃饭、治疗、等待，每个人都在用自己的方式处理着内心的不安和对未来的期待。

在精神病医院的密闭空间中，时间似乎流动得异常缓慢，而患者们的生活却被严格的规则和程序所囿。这里的每一天都充满了矛盾的情感——急切恢复自由的渴望与无力的现实相交织。精神病医院的墙壁，虽然是实体，却象征着更深层次的界限：那些关于心理和自由的无形边界。在这样的环境中，没有人愿意多待一天。每个人都希望尽快恢复，回归到那个被称为“正常”的世界，回到可以自己掌控生活的日子。

然而，尽管内心充满了离开的冲动，患者的来去并不由自己决定。这是由治疗小组——一群心理医师、社会工作者和护士——根据他们的专业判断和评估来控制的。他们的责任重大，需要确保当患者离开医院时，不会对自己或他人构成威胁。他们需要观察到足够的证据，证明这些曾经深受心理疾病困扰的个体能够在没有全天候监督的环境中自理生活。这不仅包括基本的生活技能，还涵盖了应对日常压力和复杂社交的能力。此外，治疗小组的另一个不言而喻的目标是减少患者复发和重返医院的可能性。他们的每一个决策都慎之又慎，因为他们知道，一旦患者复发，不仅对患者自身是一次巨大的打击，也会增加社会和医疗系统的负担。

在这种制度化的照料下，患者们的生活被安排得井井有条，但这种生活远非他们所愿。他们在渴望重新获得那个简单的权利——自由。而对于那些终于获准离开的人来说，离开医院的那一刻既是解脱，也是新生。他们步出医院的大门，深吸了一口自由的空气。那一刻，他们不仅仅是走出了一个地方，更是象征性地踏出了重生的第一步。这一步虽然重要，但道路仍然漫长且充满挑战，他们需要在未来的日子里，用所学到的技能和策略继续保持健康和平衡的生活。

第八章 ◎ 精神病主治医生琳娜

在这家位于城市心脏的精神病医院中，主任医生琳娜·弗雷明博士（Dr.Lena Fleming）是一个引人注目的存在，一位权威的存在。她毕业于杜克大学，随后在哈佛大学医学院完成了她的精神医学专业学位，她的履历令人印象深刻。三十多岁的她，已经是整个精神健康部门的负责人，她的职业生涯同样令人赞叹。

琳娜医生总是穿着高级时尚的服装，她的每一次出现都仿佛是一场时尚秀。从精致考究的外套、笔直的西装裤到精心选择的高跟鞋，每一件配饰都透露出她对细节的极致追求。然而，与她的外表相比，她的态度则显得有些傲慢，她常常带着一种居高临下的自信，这种自信源自她对自己能力和专业的绝对信任。

她治疗患者时，常常是直接而高效的。她会简略地敲门，几乎是在敲门的瞬间就已经步入病房，当然也确实无须得到门后的人的允许。在与患者的互动中，她也直接而专业，每一次会诊都迅速切入主题，确保每一分钟都没有浪费，而是全用于病情评估和治疗方案的制定。

在一个典型的访诊日，琳娜医生带着一组实习生走进了茉莉的病房。她脸上带着专业的微笑，眼神却透露出严肃的审视。

琳娜医生："早上好，茉莉。今天我们来看看你的进展。你最近怎么样？"

茉莉："早上好，医生。我……我觉得还行吧，只是有时候还是会感到很焦虑。"

琳娜医生："我理解。我们上次调整了你的药物剂量，你感觉有改善吗？"

茉莉迟疑了一下，她知道每一个回答都可能影响她的治疗进程。

茉莉："是的，我觉得那些药物对睡眠有帮助，但有时候我还是会感到很累。"

琳娜医生点了点头，她仔细记录着茉莉的反馈，然后转向随行的实习生，解释着她的决策过程。

琳娜医生："观察患者的反馈是我们调整治疗方案的重要依据。茉莉的情况告诉我们，虽然当前的药物剂量在控制焦虑上有效，但我们可能需要注意潜在的副作用，如疲劳感。我们要确保治疗在帮助患者恢复正常生活的同时，尽量减少对其日常活动的干扰。"

实习生们认真地听着，偶尔点头或记笔记。

琳娜医生："茉莉，你觉得还有其他问题或不适吗？"

茉莉："没有了，医生。我就是希望能早点回家。"

琳娜医生礼貌地笑了笑，她的声音充满了安抚的力量。

琳娜医生："我们每个人都希望你能早日康复。你的恢复是我们工作的首要目标。我们会根据你的进展做出最好的决定。你的努力和耐心很重要，茉莉。"

随着对话的结束，琳娜医生和她的实习生们离开了病房，前往下一个患者的房间。

琳娜医生对患者的治疗拥有决定权，从诊断到出院，每一步都凝聚着她的专业判断和丰富经验。

在医院里，无论是护士还是社会工作人员，都对琳娜医生毕恭毕敬，心存敬畏。尽管她的管理风格严厉，她的态度或许会让一些人觉得疏远，但不可否认，她对精神医学的深刻理解和对患者的真正关怀，使她不仅是一位精神病医生。她经常重复的一句话是："如果我不知道你生病的原因，我就无法帮助你解决问题。"为了能够发现和了解患者患病的起因和根源，医生不仅要反复与患者谈话，而且会联系每一个与患者有联系的人，包括患者的雇主、患者工作的地方、患者的家人和朋友。关于茉莉，他们所知道的是她由于工作上的压力引发了抑郁症，而且很严重。其他的细节就不知道了。

在与茉莉谈话后，琳娜医生决定进一步拓宽自己的调查范围，联系茉莉的工作单位，希望从职场的角度获得更多关于茉莉心理压力的线索。她给茉莉在美国工作的公司打去电话，以了解这位亚裔女性患病的起因。

电话接通后，琳娜医生耐心地向对方解释了自己的身份和联系的目的。茉莉的上司在电话中很配合琳娜医生。

琳娜医生："您好，我是弗雷明医生，我目前正在治疗贵公司的员工茉莉。我了解到她最近压力很大，想从您那里了解一些可能影响她心理健康的相关信息。"

茉莉的上司，一位名叫迈克尔的管理者，听起来既谨慎又合作。他详细地讲述了茉莉在公司的情况，提到了她作为一名亚裔女性对工作的高度投入，以及她为了证明自己而不断努力的过程，还有公司的现状和可能的裁员。这些因素逐渐积累，对她的心理健康产生了不小的影响。

琳娜医生仔细记录着每一个细节，同时她询问了更具体的问题。

琳娜医生："您能详细描述一下她的工作压力来源吗？比如项目的期限、工作量或是团队内的任何冲突。"

迈克尔："嗯，茉莉负责我们一些重要项目的关键部分，期限非常紧张。而且，公司最近的经济状况导致我们可能不得不考虑裁员。这对每个人来说都是巨大的压力，尤其是像茉莉这样全力以赴的人。”

琳娜医生意识到这些信息对治疗茉莉的病情至关重要。

茉莉的上司表示，公司非常关心茉莉的状况，并愿意提供必要的支持和调整，以帮助她恢复健康。

挂断电话后，琳娜医生沉思着，她计划利用这些新获得的信息来调整茉莉的治疗方案，以便能够有针对性地解决她在职场和个人生活中遇到的心理压力。但她也意识到茉莉面临的不仅仅是工作层面的问题。于是，她又来到病房并直接问茉莉。

琳娜医生：“我们已经联系了你的雇主和一些同事，也和你的家人以及几位朋友交谈过。他们提供的信息对我们很有帮助。比如，我们了解到你最近的工作压力非常大。”

茉莉：“是的，工作真的很累人。我总感觉自己应付不了那么多的责任和期望。”

琳娜医生在笔记本上快速记了一些东西，然后继续询问。

琳娜医生：“除了工作压力，你还有没有感觉到生活中的其他方面可能也在影响你的情绪？比如家庭关系。”

茉莉沉默了一会儿，显然是在努力想该怎样回应。

琳娜医生：“我的任务是帮助你恢复，而你的坦诚和开放是这个过程中极其重要的部分。”

随着对话结束，琳娜医生站起身，略带正式地点了点头，然后离开了病房。对于茉莉来说，与医生对话的过程很艰难，因为暴露隐私是她非常不情愿的，而且她不确定这是通向康复的必经之路。

第九章 ◎ 从小窗口看到疾病诊断记录簿

在美国，来自工作的薪水（Paycheck）几乎是大多数人维持生计的主要来源。在这个部门，很多护士和社区工作者都做着不止一份工作。

精神治疗部门有20多个护士、10来个社工。护士主要负责患者的医疗需求，比如监督每个患者都遵医嘱定时服药。患者在中餐和晚餐后要排队在窗口前取药，并要当着护士的面把药服下。记得有部电影叫《后翼弃兵》，里面的女国际象棋世界冠军小时候在孤儿院长大。孤儿院给孤儿每人每餐后发一颗药，也是在这样严密的监督下服下。

茉莉自从被诊断以来，并没有完全明白自己的状况。她一直说自己没病，想回家。医生和护士通常不会直接与患者分享诊断细节，除非认为这样做对患者有明显的益处。因此，虽然茉莉知道自己在接受抑郁症的治疗，但具体的严重程度她并未被清晰告知。

然而，一次偶然的事件让她对自己的病情有了了解。

那是一个平常的晚餐后，茉莉按时来到药房窗口领取她的抗抑郁药物。药房的小窗口通常只够递药和交流必要的信息，但在等待的时候，她的目光无意中瞥见了护士工作台上翻开的记录簿。那一页上，清晰地写着“Major Depression”几个字，旁边是她的名字和一系列药物调整记录。这一发现让茉莉心中一紧。“重度抑郁症”——这几个字如同一块大石头敲打在她心上。虽然她感觉到自己的情绪长时间低落，但直面这样明确而严峻的诊断，还是让她感到害怕。突然间，她更加理解了医生和护士们对她治疗时的谨慎和关注。领药后，茉莉带着沉重的心情回到了自己的病房。这个晚上，她脑海里反复思考着自己看到的那几个字。她开始重新审视过去几个月自己的行为和情绪。

第二天，她决定在与医生会诊时提出自己的疑问。会诊时，茉莉开门见山地问起了自己的诊断和治疗计划。

茉莉：“医生，昨天我无意中看到我的病历上写着‘重度抑郁症’。我可以知道这对我的治疗意味着什么吗？”

琳娜医生看着茉莉，表情柔和了许多，她意识到茉莉准备好了了解更多关于自己状况的信息。

琳娜医生：“茉莉，我理解你的担忧。‘重度抑郁症’意味着你的症状较为严重，这也是我们使用多种治疗方法的原因。我们的目标是帮助你逐渐恢复正常生活，减轻你的症状。”

茉莉听后点了点头。

记者：医院的生活是怎样的？

在美国的精神病医院，治疗远不止于药丸与诊断书。

真正的康复，是一个漫长而复杂的过程，它像拼图，每一块都关乎身体、心理与社会的拼接。在这里，康复不是单一的“治愈”，而是一种“重建”——一个人如何重新理解自己、理解世界，并一点一点地学会回到人群中。

于是，在灰白色的病房背后，隐藏着一套系统而深刻的康复程序。那不是冷冰冰的标准化流程，而是一种多维度的关照。

一、一对一的谈话：在静默中找到语言

最核心的是个体化心理治疗。每位患者都有一位心理医师，或许是一位深谙认知行为疗法（CBT）的专家，帮助他们识别思维的陷阱，打破“我不值得”“世界都在反对我”这样的思想怪圈。他也可能是一位心理学治疗师，从潜意识深处挖掘早年创伤，在沉默和顿悟之间唤醒自我理解。而有时，治疗聚焦在人际关系上，帮助患者学会如何建立连接，不再孤独地漂泊在社会边缘。

二、不是一个人：群体里的共鸣

对于长期被孤立、边缘化的精神病患者来说，群体治疗往往是一扇窗。他们聚在一起，在“支持性小组”中倾听彼此讲述相似的噩梦。

三、药物：必要的化学平衡

尽管治疗不限于药物，但药物仍是基础。在医生的严密监控下，抗抑郁药、抗精神病药、情绪稳定剂等被用来调节大脑中的化学物质，让患者至少能在晨光中醒来，而不是被幻觉或痛苦笼罩。对许多重症患者来说，药物是一种“打开通道”的钥匙，之后的治疗才有可能进行。

四、艺术与身体：用身体去感受世界的善意

在创伤和症状沉重的背景下，语言常常不足为用，于是医院开设了各种“非语言疗法”。运动疗法让患者重新与身体建立联系，学会呼吸、流汗。

五、家庭：治疗也发生在医院之外

精神病不是一个人的病，它往往影响整个家庭。因此，家庭治疗成为康复的延伸。理解，有时就已是一剂良药。

六、职业与生活：不是“患者”，而是“生活者”

职业疗法帮助患者找回“能做事”的感觉，无论是做一顿饭、打扫一间房间，还是参与模拟的工作任务。这些日常技能对于他们来说，是重拾身份和尊严的起点。恢复不仅是病情的减轻，更是能否拥有一个“可以过的生活”。

七、社会训练：学会如何回到人群中

患者往往在长时间脱离社会的状态下，忘记了如何交谈、

如何应对突发情况。社会技能训练让他们模拟真实生活场景：怎么在超市付款、如何应对陌生人提出的问题，或者在压力来临时如何冷静回应。这些细节，关乎他们能否真正“走出院门”。

八、社区融合：最后的桥梁

最令人感动的，或许是那些面向社区的重返计划。志愿服务、小型工作坊、社区合作社，成为许多康复者人生的“第二起点”。通过这些缓慢而真实的互动，他们一点点地找回被精神疾病夺走的归属感。

这一切的背后，是一支庞大而多元化的专业团队：心理医师、心理治疗师、护士、社工、营养师、职业治疗师。他们不是来“管理患者”的，而是作为引导者、陪伴者，见证一个个破碎生命的重建。

在精神病医院，所谓“康复”，从来不是简单地“变好”，而是慢慢学会如何带着痛苦生活——带着一颗尚未痊愈的心，继续在人间前行。

除第五点外，以上这些是茉莉在美国精神病医院的日子里每天都经历的。比如，群体治疗。每天上午，在宽敞的会议室中，患者们围坐一圈，分享着各自的故事。在这个支持性的集体中，他们倾听与被倾听，在共同的苦难中寻求治愈与成长。事实上，茉莉很少听到有人分享自己的故事。他们也开座谈会。每个人每天早晨对自己的精神状态进行评估。茉莉几乎每一次都给自己打 5 分或者勉强 6 分。每个人的打分都很不一样，很多患者是 2 分或者不及格的分数。

在精神病医院的一次集体早课上，领班护士，一个中年男护士站在前面，他的眼神扫过坐在椅子上的患者们。这天，他笑着提出了一个直接而敏感的问题，打破了常规的早课流程。

领班护士：大家早上好。今天我们来讨论一个问题，我想知道你们每个人的真实想法。你们觉得在这里的治疗有帮助吗？我听说很多人觉得这里是“worthless”，一点没有。

房间里顿时响起了低低的笑声，显然这个问题说出了他们的内心。一位患者回答说感觉没有太大变化，另一位则抱怨说感觉被遗忘。

其实茉莉觉得在医院的治疗比较隔靴搔痒，虽然不能说是皇帝的新装。但她本人经过治疗，睡眠改善了，能睡着了，也无法寻短见了。谁说没用呢？甚至她还交了几个病友。他们都愿意和茉莉说话。而且是彻底地分享了他们的人生经历。所以，当轮到茉莉发言时，她说：“对我来说，这里有帮助。我知道外面有些人可能不理解我们在这里的生活和治疗，但我感觉我开始理解这个病，这对我真的很重要。”另外，虽然茉莉永远不再想回到精神病医院，但是她能真切地感觉到这些医护人员是真实地关心着病患。

领班护士听后，眼中闪过一丝惊讶，随即变为欣慰。他满意地点了点头，并在自己的记录本上快速做了记录。提升患者的士气也是他的工作。所以茉莉算是代他做了工作。

患者们围在一起讨论和交谈的时候，琳娜主治精神病医生都会站在会议室外透过玻璃窗观察每一个患者。然后出其不意地点名某个患者出去与她交谈。这是一个好的信号（Signal）。可能过不了几天，那个人就出院了。真令人羡慕！茉莉也曾被叫出去谈话，可是她不知道该说些什么。最后不欢而散。但后来茉莉也坦言了自己在某几方面的改善，以及对医院的积极评价，这让琳娜有些高兴，甚至笑容溢于言表。

茉莉在精神病医院每天都有各种活动。精神病医院通过设计的活动来帮助他们恢复。比如，为了患者治疗，经常会组织一些创意手工活动。在艺术工作室，患者们通过手工制作表达内心的情感，这里是他们情感的释放之地。虽然很多时候茉莉都躺在床上不去参加，但有几次她去了。

某个阳光明媚的下午，院方安排了一个做手链的活动，让每个人从一堆五彩缤纷的珠子中选择，编织出自己喜欢的样式。茉莉想做一条粉色和绿色的手链。茉莉和其他病友一起坐在一张长桌旁，她的手中拿着粉色水晶珠和绿色珠，轻轻地将它们串上细线，一颗接一颗地排列着，最后形成了一条简单的手链。粉色给人以温馨的感觉，绿色则带来生机与希望。病友们和护士们看到后，纷纷称赞道："这真是太漂亮了，茉莉，你的风格总是这么清新优美，就像你的人一样。"听到这些话，茉莉微微一笑，但她的心中却掠过重重的哀伤。在完成手链的最后，她特意用两颗珠子做了儿子正正英文名字的缩写。每一次看到这两个字母，她的心都会紧紧地揪起来，思念像潮水般涌现。手链完成后，她轻轻地戴在手腕上，珠子在阳光下闪着光。然而没有人知道，这背后藏着的是她对儿子深深的思念。茉莉已经有一段时间没有见到正正了，每个夜晚，她都很想念他。"我都不知道什么时候能再见到正正。"茉莉心里默念着，眼眶开始湿润。她最担心的就是她的孩子，那个她放不下的牵挂。

在这家美国医院的精神病治疗部门，工作人员之间的互动充满了人情味，医生和护士时常轻松地有说有笑。尽管如此，他们对待患者时总是保持着一种礼貌而适当的距离，确保专业与关怀并重，既不过分亲近也不冷漠，力求让患者感到舒适并受到尊重。

白天，医院提供各种各样的康复项目，从艺术治疗、团体讨论会到室内体育活动，丰富多彩的项目设计旨在帮助患者从多方面恢复健康，提高自我控制能力，提供释放情绪的渠道。这些活动的初衷是帮助患者恢复身心健康，也让他们在精神病医院的日常生活更加多元和有意义。到了晚上，医院有时还会放映电影，为患者提供娱乐时光。茉莉记得有一次医院放映了最新的电影《蜘蛛侠》(*Spider-Man*)，还有感人至深的电影《一只狗的一生》(*A Dog's Journey*)。这些电影原本是为了让患者暂时忘却烦恼，沉浸在故事的世界中，感受情感的共鸣并燃起对生活的希望。但是参与观看的患者却不多。大多数人都各怀心事，他们的未来充满了不确定性，这种不稳定的心态让他们难以真正放松下来去投入虚幻的电影情节中。对于他们来说，也许他们自己的生活已经充满了足够的戏剧性，哪还有心思看电影呢。

茉莉也是其中之一，她发现自己往往心不在焉。她的思绪总是从电影又不自觉地回到对自己的现状和未来的担忧上。电影放映结束时，周围的黑暗和屏幕上渐渐淡去的光线似乎成了她情绪的隐喻——一种混合着忧虑、现实骨感的复杂情感。

电影结束后和每晚就寝前，护士们会沿着病房的走廊，推着小推车给大家发些小点心和水果。有香蕉、苹果酱、蔓越莓果汁等。这是患者们在夜晚前的一刻小憩。几个护士都对茉莉很友好，还会多给她一两个苹果酱或果汁。护士说："茉莉，今天感觉怎么样？希望这些小点心可以让你的夜晚更愉快些。"茉莉说："谢谢你，我很喜欢这些果汁和苹果酱。这真的让人感觉好多了。"简单交流后，护士和茉莉互道晚安，然后茉莉慢慢地回到自己的房间。房间里的灯光逐渐熄灭，整个医院开始沉入夜晚的静谧中。

统一熄灯后，茱莉常常呆坐在黑暗中沉思。茱莉坐在床上，四周的黑暗逐渐笼罩了每一个角落。黑暗通常带来平静，但对茱莉来说，夜晚的宁静反而让她更愿意去想些她不得不想的事。茱莉手中拿着今晚的额外份额——一份苹果酱和一杯蔓越莓汁。茱莉的心头浮现出白天的电影画面，那些虚构的故事似乎在提醒她现实生活中无法逃避的问题。她试图整理自己的思路，但脑海中却是一团混乱——对未来的担忧、对出院的无法掌控，还有对儿子的思念，这一切都在无声的夜里变得更加强烈。她感觉自己被困在无进展且痛苦的思绪中，每个念头都像夜空中的星星一样遥不可及。

夜深了，医院的其他患者也许已经进入了梦乡，但茱莉还坐在床上，抱着膝盖。她闭上眼睛，深呼吸，让自己在黑暗中慢慢平静下来。

第十章◎

甜蜜的梦境

茉莉曾看过一部惊悚而令人唏嘘悲伤的爱情老电影。一位看不清面容的女人躺在床上，痛苦地翻来覆去，脑海里浮现着回忆。她回忆着与一位名叫艾伦的男人之间的故事。女人本来有一位有钱的未婚夫，但他只关心股票，连新婚旅行想的也是去看股票博物馆。女人觉得乏味无趣。在一次聚会上，她认识了一位风度翩翩的男人艾伦。两人在对方身上都看到了非常多的共同点，相见恨晚。但艾伦已经有了妻子。后来的发展却是女人和未婚夫解除了婚约，而艾伦放弃了大部分财产，两人最终名正言顺地在一起了。在一个迷雾弥漫的天气里，他们划着小船，相拥在船上，幸福无比。恰在这时，前方有什么东西向他们靠近，他们在迷雾中无法看清。是一艘巨轮！顷刻间，巨轮将小船撞得粉碎。女人失去了知觉，什么都不记得了。

影片中一个护士走进了房间，原来是在医院。护士听到女人一直在呼唤着艾伦的名字。护士询问男医生。男医生淡淡地说这是没有意义的，因为她醒来也会绝望。艾伦 50 年前在巨轮撞上小船的时候就已经死了。那时女人 20 岁。女人终于从梦中醒来，她看着手上的戒指，那是艾伦送她的。可是她的手干枯又布满褶皱。她又慢慢从床上下来向一面镜子走去，然后倒下。男医生和女护士再次走进房间的时候，女人已经死去。

当现实比梦境更绝望时，人宁愿永远活在梦境之中。而在茉莉看来，这部电影诠释了一句中国古话：哀莫大于心死。

茉莉记得还有另一部关于阴阳两界的电影。一个乐队小号手因为酗酒的问题，失业多年，度日如年，对生活丧失了信心。落魄男子对人生早已绝望，自杀未遂后发现，自己居然变成了隐形人。当然这是虚构的，但茉莉觉得很真实，因为她在沮丧的时候也希望自己能隐形。

在这座设施和设备均属先进的美国精神病医院内，心理医师对患者的药物治疗极为谨慎。虽然这些药物无法根治深层创伤，但它们能显著缓解患者的痛苦。药物带来的是短暂的宁静和暂时的解脱。对于茉莉来说，这种药物带来的变化尤为显著。白天的她常常感到焦虑不安，内心的烦躁似乎无时无刻不在折磨着她。但到了夜晚，药物帮助她进入了深沉的睡眠，梦境中的她仿佛逃离了现实的枷锁，进入了一个和平而甜美的世界。这种巨大的反差使夜晚成了她一天中最为期待的时刻。

某个清晨，当朦胧的晨光透过窗帘缝隙洒在茉莉的床边时，她还沉浸在昨晚的梦境中。她梦见自己与美国电影《罗马假日》(*Roman Holiday*)中的主演格利高里·派克一起，在一个繁花似锦的地方欢笑游玩。梦境中的她感受到了久违的自由和快乐，这让她在醒来后既感到喜悦，又哭笑不得，终究只是黄粱一梦。

梦境给予她短暂的逃避和美好，不久就被早班护士打断。

他们进入了她的病房，开始进行日常的身体检查，测量血压并记录其他健康指标。护士们虽然面带笑容，但他们的出现无声地提醒着茉莉，她仍然是这家医院中的一名患者，而且这里是精神病医院，她的自由是被严格限制的。当四五个护士同时出现在她的病房时，虽然他们试图通过友好的交谈缓解紧张的氛围，但茉莉心中的那份暂时的逃离感瞬间瓦解，她重归现实。

通过与朋友通话了解外界情况

精神病医院里是允许朋友和家人探望的，但要登记，探视时间也不能很长。精神病患者都没有手机（或者说在住院期间被没收了手机），他们通过公共休息室里的一部公用电话来与外界联络，有的时候则是传呼。

在精神病医院的公共休息室，一个带着些许豪华感的安静空间，茉莉坐在与外界联系的电话旁的座位上，接到了一位俞姓朋友打来的电话。

俞姓朋友问："你好吗？今天的心情如何？"

茉莉："还可以，医生和护士都很细心。但我想早点出院回家。"

俞姓朋友说："有件事需要告诉你，这可能会让你感到震惊。你记得张太太吗？那位房产经纪人，你们以前很熟的。"

茉莉："发生了什么事吗？"

俞姓朋友："张太太和她的家人最近去英国旅游。不幸的是，她在一次交通事故中丧生了。这件事发生得太突然了，她当时还戴着她那条爱马仕围巾，据说是围巾被卷入车轮下导致的悲剧。"

茉莉听了感觉很突然，她说："这太可怕了，张太太怎么会有这样的不幸呢？真的太悲惨了。"

俞姓朋友："是的，非常不幸。而且，社区里的人现在议论纷纷。你知道张太太拥有很多房产，这些都转到她丈夫名下了。有些人甚至怀疑这不是一次简单的意外，有传言说她与丈夫的关系不好，还有传言说这可能是一起蓄意的事件。"

茉莉回了句："不会吧。"

但这世上的事情有时候真是难以预料。无论如何，她都没有想到张太太有这样的结局。这完全不是佛教里讲的"寿终正寝"。不管怎样，这位房地产经纪人和茉莉很熟悉。现在张太太留下了两个未成年的孩子，这更令茉莉唏嘘不已。即使对一个曾想求死的人来说，这种死于非命的死法仍是不可思议甚至恐怖的。事实上，除了寿终正寝，没有一个好的死法。茉莉相信这是因为上天在设计人的时候就是向生的。

通话结束后，茉莉挂断了电话，心情颇为复杂。她离开了电话房间，慢慢走回"豪华"精神病医院提供的"自己"的房间。她坐在床边，五味杂陈，对朋友突然离世的惋惜，对人生无常的叹息，对自己还活着的一丝庆幸，这就是所谓的好死不如赖活着吧。

茉莉家院子里的 8 棵桂花树是张太太建议茉莉种的。这些桂花树如今已经长得很高了，每年开好几次花。每当金桂飘香的时候，茉莉都会采摘一些桂花，做成桂花酱。茉莉也很喜欢桂花酒酿圆子。茉莉的房子也是张太太帮着买的。她总是夸赞茉莉的衣着品位。与茉莉的同事们一样，经常说茉莉应该开个精品店（Boutique）。在那些金色的花朵下，桂花的香味是她们友情的见证。每当那香气飘在空中，茉莉就能感受到那份独特的亲切。现在，每一缕桂花香，都伴随着一丝丝哀伤，提醒着茉莉这份失去。但有时茉莉也觉得朋友并没有真正离开，只是去了另一个世界。

偶尔与病友之间的交流，成为她住院期间的慰藉

在精神病医院内，夜晚的时间流逝得似乎特别缓慢。病房内的灯光在规定时间熄灭后，整个楼层陷入了一片寂静，只有楼道里偶尔传来护士或社工的脚步声。每隔 15 分钟，护士就会进行一次巡视，这成了夜晚的常规。每当房门被轻轻推开，楼道的灯光便会部分洒进茉莉的病房。这束光线只是短暂逗留，却足以让茉莉从半睡半醒中惊醒，心里不禁反思这些夜间巡视的深层意义。

表面上，护士或社工的巡视是为了确保患者的安全和健康，检查是否有人需要紧急帮助或其他的医疗需求。然而，茉莉在这些重复的动作中感受到了更深的意图——这是一种潜在的刺激，一种无声的催促，提醒着患者们要努力振作，争取早日康复，离开这个让人心神不宁的地方。这种频繁的、周期性的打扰，虽然可能令人不安，却成了驱使患者们必须寻找治愈之路的反作用力。茉莉希望她能够有一天带着康复的希望走出医院的大门，不再回头。

患者被准许在没有活动安排的时候在六层楼道间散步以康复。是的，你没有听错。不是在绿草如茵的庭院里信步，也听不到窗外的风声和远处的夜鸟鸣叫。患者与外面的世界是完全隔离的，甚至毫不夸张地说，这个楼层与同一座大楼的其他楼层均是隔离的。

在精神病医院内，院方为所有患者提供了统一的服装，一种青灰色的全棉对襟服装，款式简约，颇有和服的风格，既保持了尊严又便于护理。每位患者还穿着防滑的长袜子，确保在医院光滑的地面上行走时的安全。大家都穿着这种特殊的患者服，在看得见尽头的通道间走来走去。医院规定，不建议患者在散步的时候相互交流。医院的长廊宽敞而静谧，两旁是一排封闭的病房门。医院有规定，即不鼓励患者在散步时进行交流，当然也禁止互相拜访或“串门”，以避免可能引发的意外。然而，生活总会在规则中找到缝隙。

在茉莉的日常散步中，有一个人总是喜欢打破这份寂静。那是 80 岁的美国老太太埃米莉。埃米莉有着一头银白色的头发，如同冬日里的霜雪，细腻而有些稀疏，却仍可以看出她年轻时的标致。埃米莉很愿意和茉莉交谈。她住在茉莉隔壁的房间。茉莉知道她是在一个深夜被家人送进来的，好像是自己把自己烫伤的。也许发现她这样做的家人认为这是她故意自残，才将她送到了这里。

埃米莉："嘿，茉莉，今天外面的天气怎么样？我看窗外的太阳很灿烂，在这里人没病也会有病。"

茉莉："嘿，埃米莉，今天天气确实很不错，阳光明媚。我也希望我们能出去走走，感受一下新鲜空气。"

埃米莉："你知道吗，茉莉，我年轻的时候很喜欢旅行，去过很多美丽的地方。现在虽然只能在这里走走，但我觉得和你聊天就像是小小的旅行，非常愉快。"

茉莉："我也很高兴与你谈话，埃米莉。"

这样的交流在医院的日常中显得尤为特别。虽然她们的对话从不涉及太深的情感或太过私人的话题，但这种简单的人际接触对茉莉来说，是一种慰藉，一个温柔的提醒，即使在这种被限制与束缚的环境中，人与人之间的温情依然存在。

在那座精神病医院中，茉莉竟然不期而遇了两位病友。除了 80 岁的美国老太太埃米莉，还有一个 40 岁的美国退伍军人麦克。麦克身材高大，长相英俊，肤色因长年户外活动而显得黝黑。麦克在精神病医院很健谈（Talkative）。麦克在精神病医院的活动室告诉茱莉，那天他本想结束自己的生命，选择在家中的浴室上吊。他的意识逐渐模糊，然而就在一切似乎即将结束时，他的妻子打破了玻璃气窗。紧接着，911 的救援队伍赶到，他被紧急救护及时救下，并被送往了医院。一切都是那么突然。

麦克的声音中带有一种自责和无奈，他提到这已经不是他第一次尝试自杀。由于战争后的心理创伤和生活的重压，他曾多次陷入绝望的深渊。每一次被救回，于他而言既是新生，也是新的痛苦循环的开始。他轻声说道："我的行为给社区带来了耻辱，这让我感到非常悲愤。每次人们谈论起来，都是带着指责和不理解的眼光。"

在这样沉重的话题之后，麦克注意到茱莉也有自己的忧虑——她担心因治疗产生的高额医疗费。他向她提出了一个实用的建议："你可以考虑申请破产，这在美国是一个常见应对无法承担的债务的做法。"他顿了顿，又补充道，"不过，你有稳定的工作和很好的医疗保险，或许你并不需要走到那一步。"

茱莉静静地听着，心中对麦克的经历感到同情，同时也感谢他提出的解决方案。两人的对话围绕着生与死、困境与出路，在无形中感受到了只有病友和陌生人之间才有的坦诚和理解。

麦克的观察力惊人。看到这里的患者们经常情绪激动，茱莉说了句：“每个人需要保持冷静。(Everyone needs to calm down.)”麦克对茱莉的冷静感到惊讶，说他从来没有见过像茱莉这样冷静的人。他曾经在战场上见证过无数生死，回美国后又不断与自己的心魔作斗争。他见过各种各样的人，但茱莉的平静对他来说是一种难得的态度。这话既是对茱莉的赞扬，也反映了他对茱莉的某种羡慕。

在精神病医院这种环境中，情绪激动的场景并不罕见。患者们时而在压力下挣扎，时而又突然爆发，整个病房似乎都充斥着一种不可言说的紧张气氛。对于茱莉来说，虽然她并未完全从阴影中走出，但与麦克的交流让她感到一种倾听和被倾听的安慰。在这个充满不确定和迷惘的环境中，埃米莉和麦克这两位陌生的病友的讲述和倾听给了茱莉启发。

有一天，茱莉在医院的长廊里散步，她无意中听到两个护士在房间里议论患者，并提到茱莉的名字，茱莉的耳朵立刻竖了起来，其中一个说：“她多可爱啊，就是还没恢复正常。(She’s so cute, She is just not getting there.)”茱莉心中起了波澜。也许这不仅是对茱莉当前状态的一个外部评价，也让她意识到她的康复之路还很漫长。

第十一章 ◎

静悄悄的美国节日

节日对美国精神病医院的患者来说是个难题。因为他们不被允许离开医院。

茉莉在医院遇到的第一个美国节日是美国国庆日。那是7月4日的前夕，医院里就已经静悄悄了。长假期间，医生和护士都轮流值班和休息。平日里茉莉周五也经常休息，或者购物，或者去海边旅行。总之，以前稀松平常的节假日，如今却都显得遥不可及。在那些充满节庆气息的日子里，外面的世界似乎都染上了一层喜庆的颜色，街道上灯光闪烁。然而，对于那些居住在美国精神病医院的患者来说，这样的节日却成了他们心中难以逾越的一道壁垒。他们被限制在医院范围内，不能像其他人一样自由地参与家庭聚会和节日庆典。

对一个住院的患者来说，节日更易引发他们的痛苦。对这些患者而言，节日反而成为一种特殊的缺失。一方面，他们也渴望能够与家人一起分享这些美好时刻，感受节日的温暖和快乐；另一方面，医院的规定和自身的状况又让他们不得不接受这种隔离的现实。因为这是两个世界：医院里的世界和医院外的世界。

要想出院并非易事。你要证明你好了，至少是好转了，能正常地生活，要证明你以后不会再被送来。离开这个楼层的人是令人羡慕的。家属会来接他们，办手续，包括医生、护士、安全保卫等一系列的手续，最后他们会把最初你来医院时的东西全部交还给患者，并让患者查收。茉莉就是在那时发现医院丢了她的奔驰车钥匙，但这也可能是在前一个普通医院时被护士故意弄丢的，也可能是被护士直接扔掉了，那家普通医院的护士对这些精神病患者充满了愤怒，好像她们被打扰了。那家普通医院的护士对茉莉不好，或者也可能是对有精神问题的人都不耐烦。也许很多人带着偏见地认为精神疾病患者是社会的负担，他们的脸上流露出厌恶的神情。这是一向养尊处优的茉莉从未经受过的。这也让她越发难受。精神病患者是被抛弃的在社会边缘徘徊的人，没有人愿意和精神病患者搅在一起。

在精神病医院里的时间仿佛与外面的世界有着不同的节奏。这里发生的每一次对话、每一次治疗和每一次医生的评估都可能决定一个人是否可以回归那个所谓正常的世界。茉莉在这座大楼的长廊里走过无数次，她清楚地知道，离开这里并不只是身体的移动那么简单。它是一个证明过程，证明她已经好转，能够安全地与社会和谐共处，不再是被送回医院的危险人物。

在一个平常的下午，茉莉坐在公共休息室里，旁边是等待亲人来接他出院的汤姆。他的家人已经在大厅里等待，准备接他回家。医院的程序是严谨且细致的，需要许多签字和最后的检查，确保一切安全无误。

茱莉："汤姆，你感觉怎么样？即将回家了。"

汤姆："茱莉，我有点紧张，又有点兴奋。我知道我还没完全好，但至少我得到了控制。我只希望不要再回到这里了。"

汤姆是因为母亲的离世患上了应激性抑郁症而被送到这里的。他爱他的母亲，他们曾相依为命。汤姆的病情属于较轻的，所以他在医院仅待了10天。10天后，治疗小组评估，他丧母的悲痛已渐渐平复了些——毕竟母亲已经80多岁了，离世也属正常。他可以出院了。

茱莉点点头，她理解汤姆的心情。看着汤姆与他的家人一起离开，她感到一丝羡慕。离开医院的那一刻，对很多患者来说，是重获自由的时刻。茱莉坐在那里，望着汤姆消失在门外，心中默默祈祷他不必再回到这里。同时，她也希望自己也能像汤姆一样，有一天离开医院，重返那个所谓正常的世界。但难点是即使重归原来的世界，像茱莉这样打拼的第一代移民仍旧不容易。

记者：茱莉，你作为移民，你觉得与美国人的不同点是什么？移民的困惑和难点有哪些？

茱莉：面临的挑战。尽管华人在许多领域取得成功，但也面临刻板印象的问题（如"模范少数族裔"的标签）。新移民更可能面临语言、文化适应和法律政策的挑战。

茉莉：美国是个很现实的资本主义国家。很多从中国来的人都缺少在美国谋生的一技之长。很多人来美国的时候都已经25岁以上了。很多科目也不能再学了。学文科也不容易有好出路。

茉莉的故事是典型的职场与适应的交织。虽然她的英语流利至极，足以让她在美国公司中担任高级管理职位，这本身就是一个了不起的成就。然而，身为外国人，她在这样的职位上面临的挑战也远超她的美国同事。

在美国的公司里，办公室政治是避不开的现实。同事们之间的联盟、竞争，以及为了个人职业发展不断上演的权力游戏，对于任何人来说都是一大考验。对于来美20年的茉莉来说，这场游戏仍显得复杂。同事们对中国的印象也使他们对来自中国的美国人存在不理解甚至误解，茉莉的上司理查德就是其中之一。

茉莉有次参加一个重要的会议时，再次感受到了那种微妙。会议室内集中了公司的高层管理人员，空气中弥漫着紧张而认真的气氛。当讨论转向新的项目计划时，茉莉提出了自己的观点，她的建议既创新又富有前瞻性。然而，她的发言却遭到了某些同事的微妙反对，他们用看似合理的业务逻辑掩盖了对她的不信任。她能感觉到某些同事的抵抗不仅源于对策略的担忧，还隐含着对她身份的质疑。她知道，她需要更多的耐心和智慧来赢得信任，同时也需要更坚定地证明自己的能力和价值。在这种高度竞争和多变的环境中，茉莉的每一天都在进行着微妙的舞蹈，她既要展示自己的专业能力，也要在不被视为威胁的同时，争取更多的支持和理解。她深知，这个位置的确是高处不胜寒，但她也坚信只有不断努力和证明自己，才能真正地融入这个她选择的世界。

她早已明白，自己所站的这片土地虽是自己心中自由的象征，却也是高处的冰原。她是第一代中国移民，一个在异国他乡重新落地生根的人。她选择了美国，而美国并未主动选择她。真正的归属，从来不是一种赐予，而是一场长期的证明。

身为移民，她要面对的挑战远不止一纸身份。文化与语言是最显眼的障碍，但真正让人感到沉重的，是那些无形的结构：价值观的错位、社交方式的落差、职业通道的门槛，甚至是生活中每一个看似寻常的细节。

文化的裂缝，是最深的沟壑。

在中国成长的她，熟悉的是含蓄与克制，是“家丑不可外扬”的沉默规则。而在美国，人与人之间更直白、开放，有时甚至让她感到“过于锋利”。她曾在一次职场会议上，被一位美国同事当众反驳。她心头一震，不是不悦，而是本能地觉得这有些“失礼”。可她知道，在这里，这种直接代表的是自信与专业。

语言，是一门永远学不完的功课。

很多华人的英语在亚洲人群里应该说算很好。但在日常生活中，邻居一句轻快的俚语、同事一句随口的玩笑，也仍可能让他们陷入迟疑。“你明白那是什么意思吗？”他们在心里默默追问自己。语言不仅是沟通工具，更是进入文化内部的钥匙。如果听不懂那些笑话，他们就永远只能是外来者。

人脉的断裂，也需要从头缝合。

在中国，大家都曾有一个稳固的“圈子”——朋友、同学、前辈，一个电话能解决的问题不在少数。而在美国，一切都需要自己去敲门、去认识、去建立。“关系”这个词变成了另一种形式——职场网络上的连接、社区活动中的寒暄、同事之间的往来。那种既熟悉又陌生的“社交游戏”，使移民到美国的华人仍在慢慢摸索。

职业，是最现实的挑战。

茉莉的很多朋友有一份国内重点大学的文凭，有多年工作经验，却在初来乍到时连一份稳定的工作都找不到。简历石沉大海，面试之后杳无音信。他们才知道，资历需要“本地经验”的佐证，学历也要被“重新认证”。更复杂的是职场文化——美国的“说了就是你的”与中国的“做了再说”之间有一条看不见的界限。他们努力适应，学会了自我推销，也学会了在开会时大胆发言、主动争取，而不是默默等待机会来临。

像茉莉一样的第一代移民数以百万计，带着各自的语言、梦想与过往，在异国重塑生活。他们不是新闻里的故事，也不是“成功学”里的模板，而是每一个在超市、学校、地铁、公司中默默前行的身影。

他们并不奢望改变这个社会，但他们希望——哪怕只是在一个小小的角落——能留下属于自己的痕迹。他们坚信，只要不放弃，就一定能在这个陌生而复杂的国家，走出一条属于自己的、真正站得稳的路。

在美国这个资本主义的大熔炉中，每个移民的故事都是一部关于挣扎与希望的叙事诗。对于许多来自中国的第一代移民来说，这里的生活既是一个充满机会的新世界，又是一个充满挑战的现实场景。如前所述，这些移民，多数在 25 岁或更大的年纪踏上美国的土地，带着各自的梦想和期望。但他们很快就发现，与年轻时就接受美国教育的人相比，自己在职业竞争中处于不利地位。在美国，一技之长不仅是职业发展的基石，也是生存的关键。而这些技能，无论是语言的流利程度，还是专业技能的磨炼，对于那些已过学龄的成人来说，都是一道难以逾越的障碍。

美国社会虽然提供了广阔的职业空间，但许多轻松的职位或看似“养闲人”的岗位，往往被当地人牢牢把持。这不仅是因为这些职位需要较少的专业技能，而且因为本土居民在语言和文化上的天然优势。与此同时，那些高薪的管理职位和其他优越的工作机会，也常常因为语言障碍和文化差异而难以触及。

在语言的世界里，16 岁前后被视为一个关键的分水岭。那些在 16 岁之前来到美国的孩子，他们的英语听说能力往往与本土美国人无异；而超过这个年龄的移民，则多多少少会带着一种难以抹去的口音，这在无形中增加了他们融入主流社会的难度。即使他们勤奋努力，卓越的工作表现有时也难以抵消语言上的劣势。

对于这些移民来说，学习文科可能不再是一个现实的选择，因为文科职业往往要求深厚的语言和文化积累。而科学、技术、工程和数学领域虽然提供了一些机会，但这些领域的竞争同样激烈，要求高度的专业知识和技能。

生活在这样一个现实的资本主义国家，这些中国移民不仅要学习如何生存，也要学习如何在新的文化环境中找到属于自己的一席之地。他们的每一天都是对自我能力的挑战、对个人梦想的追求，以及在新旧文化间寻找平衡的过程。尽管面临重重困难，但他们中的许多人通过不懈努力，逐渐在这片充满机遇与挑战的土地上找到了自己的位置。

第十二章 ◎ 亨利到访

7月来了。在医院里是感受不到冷暖变化的。因为24小时都开着恒温的空调。尽管如此，四季和二十四节气仍然不容置疑地到来。

亨利从繁华且潮湿的上海回到美国后，直接驱车来到了这家特殊的医院。医院的入口处设有严格的管理制度，每一个来访者都必须进行详细登记，记录访问时间和目的，确保患者的安全与隐私。亨利耐心填写着表格，他的笔迹工整而谨慎，这反映出他在生活细节上不容有失的性格。完成了必要的手续后，亨利快步走向茉莉的病房。推开那扇未上锁（因为没有锁）的门，他看到茉莉正坐在床上，双手合十，仿佛在默默地祈祷或是深陷于某种沉思之中。亨利从主治医生那里听说，茉莉在这里已经三个多星期了。他想，如果换作他，一天就会发疯。

茉莉缓缓抬头，平静地望向亨利，她的脸上带着一丝疲惫，但没有微笑。亨利总是听茉莉说着各种各样的打算。茉莉对正正却始终放不下心。不出所料，茉莉开口说出她的担心："我只是在想一些事情，关于未来，关于正正。你知道的，我最担心他。"茉莉没有告诉亨利她的梦境，她近来总是梦见和正正在一起，像以前那样。在梦里，她和孩子站在屋檐下躲雨，他还是那个小小的孩子，紧紧拉着母亲的手，仿佛快要无家可归了。醒来时，茉莉感觉非常无助和悲伤。

亨利的目光充满了不理解。哪里无助了？哪里在无家可归的边缘？梦不是现实啊。亨利听了很不高兴，脱口对茉莉说："你这样说，我就认为你真的是生病了。即使你不在，正正还有我呢。"

真是这样吗？从正正出生到 18 岁，除了他去夏令营或者比赛，或者暑假，他没有一天不与母亲在一起。亨利的确溺爱正正，也很愿意为正正花钱，但他也许不知道，爱和陪伴并不是用钱可以换来的。

亨利知道茉莉的工作受了挫折，产生了失业的焦虑。茉莉这个人一生都未受过什么挫折，顺风顺水惯了，这次算是大挫折了。亨利这次来是想说服心理医师。他认为茉莉应该回中国治疗。与那里的亲人在一起，对其病情有帮助。亨利来到心理医师的办公室。"我一直在想，"亨利的声音有些沙哑，他的确很为茉莉担忧，"或许让茉莉回中国，和她的亲人在一起，对她的康复会有帮助。"心理医师微微点头，示意亨利继续说下去。她的表情保持着专业的平和，但眼神里透露出对亨利话语背后情感的理解和认同。亨利说："茉莉在中国的父母和亲人们一直很关心她。家庭的支持和环境对于她来说，可能是非常重要的治疗因素。在这里，虽然我们尽力给予她爱和支持，但我总感觉，她似乎需要不同的东西……"心理医师仔细听着，偶尔点头或是记录下一些要点。随后问道：“是什么让你觉得在家庭的支持下，她能够找回自己呢？”亨利沉吟了一会儿，然后回答：“我想，在众多亲人的关怀和爱护下，她可能会感到更加放松和安全。这种感觉，可能是我们家人少在这里，因此很难完全提供给她的。”心理医师点头，“家庭的支持和熟悉的环境确实可以对康复过程产生正面影响。但我们也需要考虑到，长途旅行和环境变化可能带来的压力。”医生沉思了片刻，然后说：“让我们这样做。”

随着亨利的到访，他和主治医生商量下来，最终成功说服主治医生让医院同意茉莉换个环境康复。因为茉莉的父母一直关心茉莉的病情，他们年纪大了，来美国不方便，医院同意让茉莉回中国疗养一段时间，也许病情会好起来。而且这个医院因为患者多，床位有限，特别是对精神类病患的床位有限，实际上也不可能让一个患者在这里住得太久。

茉莉了解到她的单人病房一天 500 美元。茉莉住院时间长，保险公司也感觉承受不起。茉莉医疗保险公司代表每天拨通医院的电话，语气总是既客气又不容拒绝：“我想确认一下茉莉的住院情况。医生是否考虑到她的恢复情况，可以尽快安排出院呢？”

电话另一端的医生已经对这个声音再熟悉不过了，每次接起电话都不得不耐心地解释：“茉莉的病情还在观察中，医生认为她暂时不适合出院。”尽管对方总会礼貌地答应，但第二天同样的时间，电话铃声准时响起。代表的声音再次响起："还想问一下茉莉的情况，医院那边有没有新的安排？"护士长合上病历表，语气有些无奈："她的身体状况，我们比您更清楚，什么时候出院得由医生决定。"而电话那头却似乎没有被劝退的意思，语气依然公式化却不失温和："是的，我们完全理解，但也希望医院能够尽快评估她的恢复情况。她已经住院很久了，我们需要尽快推进，以便后续安排。"

护士长挂断电话后，叹了口气，看着躺在病床上的茉莉，心里充满了矛盾。她知道，这背后的催促不过是账单数字之间的计算，而茉莉，不过是数字中的一个。

茉莉是这里面住得最久的一个。因为医院不知道茉莉为什么生病，害怕茉莉一旦出去后会再犯，做出伤害自己的行为，所以非常慎重，反复强调要有人陪同她上飞机，并要求她在出院后立即离开。总之，医院还是怕茉莉出意外。茉莉知道医院对她的担心，也理解他们的顾虑，但茉莉不认为住院能解决她的问题。而她需要回到正常生活中去。医院要求在她出院那天，必须有亲友陪同她一起上飞机，以确保她安全抵达目的地。

茉莉终于可以出院了。

亨利在医院楼下忙碌地帮助茉莉办理了出院手续。一名护士来到茉莉的病房，将她一个月来未曾触碰的私人物品——包括包、手机——递给她。茉莉接过这些东西，她打开手机，屏幕上弹出无数未接电话和信息的通知，这让她感觉自己仿佛从一个隔绝的世界重新回到了现实。亨利完成所有手续后，回到茉莉的病房，看到她已经整理好自己的物品，他说道："准备好了吗？我们走吧。"

茉莉住院期间穿着一双灰色的防滑长袜，柔软的织物贴合着小腿，鞋底的小圆点微微发涩，仿佛是无声地提醒她脚下的稳妥。医院的护士告诉她，这双袜子是可以带回家的——医院的小赠品，就像是一段旅程的见证，但茉莉最终没有带走它。出院那天，她将袜子整齐地放在床边的柜子上，仿佛它不再属于她，也不属于她即将要过的生活。

也许，那双袜子承载的回忆太过沉重。每一次低头看着它，她都会想起病房走廊尽头。茉莉不想把这些带走，她只想轻装离开，让灰色的袜子留在原地，与她那些不愿回顾的日子一起留在医院的角落里。

茉莉向亨利点了点头。她站起身，与他一起走出病房。当他们穿过医院的长廊时，一些病友和护士看到茉莉即将离开，纷纷向她招手道别。这些脸庞，有的带着笑容，有的带着善意的眼神，都是茉莉在这段治疗期间的同伴。

病友 A："再见，茉莉！祝你一切顺利！"

护士 B："保重，茉莉！我们都希望再见到你回来啊，但不是以患者的身份！"

这些话虽然带着玩笑的语气，但触动了茉莉。她微笑着挥手回应，心中感激这段时间里每一个给予她关心和帮助的人。

当他们最终走出医院、踏出那扇门的一刻，茉莉感受到了久违的自由。阳光洒在她的脸上，空气中夹带着夏日的热力，一切都显得格外生动和真实。茉莉深吸一口气，暗自在心里发誓，无论如何，她都不会让自己再回到这里。

亨利与茉莉一起向停车场走去，外面灼热的阳光几乎刺痛了茉莉的眼睛，她下意识地伸手挡了一下。又呼吸到了新鲜空气，茉莉心中生出一种奇怪的感觉。人们说，世界上最美好的东西都是免费的——日光、月光、空气、爱情。等一下，爱情好像不是免费的。亨利在还没有见到茉莉的时候，就把自己信用卡的号码告诉了茉莉，每晚给茉莉打通宵电话。每月亨利的电话费就有 500 多美元，在 20 年前，那是不小的花费。但很快他们就不需要打电话了。那时，他们分别在美国不同的州。见到茉莉后，亨利在一个月朗星稀的夜晚开了一整夜的车，带茉莉来到了自己的公寓。第二天一早，亨利就向茉莉提出结婚的请求，于是他们就结婚（闪婚）了。婚礼只请了亨利的两对非常朴实的朋友夫妇，因为茉莉那时还没有当地的朋友，两对夫妇为他俩做了婚礼的见证人。他们在见面后的第三天（因为两天周末）到当地登记结婚了。当工作人员问到他们是否在生老病死等任何情况下都愿意照顾对方时，他们都迫不及待地回答“是”。那时的他们是那样的纯真。但现在呢？20 多年过去了，茉莉并未老去，但她生病了。亨利还像当初发誓的那样在照顾茉莉吗？还是更像是亲人尽义务？分离多于相聚的他们变了，那个发誓爱茉莉一生、让茉莉幸福一生的亨利对茉莉也没有了当初的真挚和诚实。他们偶尔对望时，那对曾经无比恩爱的夫妻，那个曾经对茉莉百般呵护的亨利，让茉莉感到陌生。

当亨利和茉莉走进那家传统中餐厅时，一阵熟悉的烹饪气味扑鼻而来，让人联想到远在另一片大陆的家乡味道。餐厅里播放着轻柔的中文老歌，营造出一种温馨而亲切的氛围。亨利找了一个靠窗的位置坐下，他翻开菜单，仔细挑选了几样看起来很有食欲的菜，包括色泽鲜艳的松鼠鱼。

亨利点了几个菜后，看着茉莉说道："你多吃点，这些都是你喜欢的。"茉莉的心思显然还在未来的路上。她摆弄着桌上的餐巾纸，声音有些无力地回应道："我现在不饿。"亨利注意到了茉莉的不安和疲惫，心中不禁涌起一阵担忧。他知道茉莉刚从医院出来，需要时间来适应外面的世界，调整自己的身体和心理状态。

亨利："你现在最重要的是让自己放松，恢复体力和精神。"

当松鼠鱼和其他菜肴陆续被端上桌时，茉莉试着品尝了一小口。虽然味道鲜美，但她的心思仍旧飘向了远方。餐厅里的气氛温馨而放松，茉莉知道，这只是她漫长旅程中的一个短暂驿站。她仍未解决她面临的可能失业的问题，她仍需规划自己的未来。

第十三章 ◎ 韩国人金玉

韩国和中国一样都非常重视教育，学业成绩是年轻人成功的重要衡量标准。韩国的高考（大学修学能力考试）对学生的未来影响很大，被称为“人生大考”。与韩剧里表现的一样，从政和当检察官也是很多韩裔美国人崇尚的职业，他们希望由此可以出人头地。金玉的女儿也立志成为一名律师。

金玉和茉莉坐在一家安静的咖啡馆，窗外是忙碌的街道，但咖啡馆内的氛围却与外界的喧嚣形成鲜明对比。两人相对而坐，两杯香浓的咖啡在她们中间冒着热气。金玉的表情复杂，她笑着，但眼中闪烁着即将溢出的泪水。

金玉把手轻轻放在桌上，指尖轻触着咖啡杯的边缘。她的声音带着一种苦涩的怀念，诉说着她的心事：“茉莉，我曾经很气愤，心里甚至诅咒过他。但现在他走了，我却控制不住地大哭。想想我们刚来美国时，怀着那么多的梦想和计划，只提着四个大箱子。如今，他只装在一个骨灰盒里。”茉莉安慰金玉说，“人生有时很残酷，我们都无法预料未来。”金玉抿了一口咖啡，眼泪终于夺眶而出。她又笑了，笑中带着更多的泪水：“我的大女儿把他的骨灰盒放在书包里，就这样背着他回到了韩国。她说这样她感觉父亲还在陪伴着她。”

“骨灰？”这句话让茉莉的心微微颤了一下。两个女人在这样一个温暖的午后，不仅分享着彼此的痛苦和悲伤，也在回忆中找到了一种特别的安慰。茉莉握了握金玉的手，让她感受到了朋友的支持和理解。

坐在咖啡馆里，茉莉的心被金玉的故事触动，同时也勾起了自己与亨利曾有的那些温馨而又带着伤感的回忆。茉莉说：“亨利很幽默，记得有一次他开玩笑说，如果我先走了，他要在我的墓边建一个小商场（Mall），让我可以继续当我的购物狂。那时候我们都笑了很久。”茉莉继续说，“而我则回敬他，说我会在他墓边放满香烟，让他这个烟鬼在另一个世界也能享受抽烟的乐趣。”茉莉笑中带泪，这些话虽然是开玩笑的，但现在回想起来，每一个字似乎都沉甸甸地承载着她对丈夫的关心。茉莉感慨地说：“亨利一直抽烟，我们总是试图让他戒掉。有时候我会很严厉，甚至正正也会加入我们的‘戒烟’行动，告诉他，‘爸爸，你可能会因为抽烟早死哦。’那个时候，亨利都只是笑。”可是真正离间了他们的却是常不能厮守的时空。茉莉的妇产科医生每次给茉莉做妇科检查。她知道茉莉很久没有性（Sex）生活，便对茉莉说“你非常厉害（Tough）”。后来茉莉也不去做妇科检查了，虽然保险依然是全额支付的。

后来茉莉参加了一个关于殡葬服务和墓地陵园购买的讲座。讲座中，销售人员展示了各种精心设计的墓地选项，同时引导参与者思考生活中可能遭遇的各种失去。他提出一个问题，询问在座的每个人认为哪种生活事件最让人感到压力：失去配偶、离婚、失去爱的人，还是失去工作。参与者们各抒己见，统计结果显示，大多数人认为离婚和失去配偶是最大的压力源，这一选择反映了人们对亲密关系终结的普遍恐惧。而两者的区别在于离婚时虽然对方活着，但从爱人的角度来看，他/她已经死亡。销售人员幽默地说。

茉莉坐在角落的座位上，目光漫不经心地扫过发言的人群。对茉莉来说，失去亲人极为痛苦，但她内心深处更害怕的是失去工作。这在统计中几乎是最后一项，显示出与会者在面对生活安全和情感损失时的不同重视程度。在她看来，工作不仅关乎经济生存，更与自我价值紧密相关。失业意味着失去收入，更可能失去在社会中的立足之地，这种恐惧又在她心中悄然蔓延。

亨利与茉莉母亲的通话

4 月，亨利给茉莉母亲打来电话，两人聊了一个多小时。亨利态度和蔼，语言清楚，谈话的内容主要是茉莉。亨利说茉莉心里焦虑，可能是抑郁了。他还煞有介事地说，你猜茉莉跟我说什么了？她说自己不想活了。从亨利的表述来看，他很担心。母亲听了茉莉的病情后心里虽然很难受，但很镇定，因为一个 75 岁的人已经经历过多次人生绝望，而如今都挺了过来。亨利在电话末尾说，让茉莉回北京休息一段时间。母亲说那好，她回来好，我们会竭尽全力地帮助她。关键时刻，亲人们想最大限度地保护茉莉，让她换一个环境养病。

不久后，亨利陪同茉莉前往机场。在送别的那一刻，亨利看着茉莉的背影，心里充满了复杂的情感，但也有一丝释然——希望她在家人的关怀中找到安慰。在飞往北京的飞机起飞后不久，正正给外婆发去了信息，告知了茉莉的抵达时间和航班信息。那天晚上，北京首都国际机场的第三航站楼显得格外热闹。茉莉的家人早早就到了，心情既紧张又期待。

飞机头等舱的遭遇

亨利的关怀表现在他为茉莉准备的细节上。在他看来，购买头等舱机票不仅是为了让茉莉的旅途更加舒适，也是希望她能在返回北京的路上有一个好的心理和身体准备。他递给茉莉几百美元的零花钱，以备她在旅途中可能需要的任何额外支出。

然而，即便是在这样的高级舱位，茉莉的经历却远未达到预期的舒适度。她内心不安，这让她在飞行过程中变得格外沉默，几乎不与任何人交流。可能是由于她的沉默和内向，服务人员没有给予她应有的关注。茉莉观察到其他乘客接受的热情服务，而她却似乎被无视了。

随着飞行的进行，茉莉开始感到由于座位方向相反导致的明显眩晕。她试图忍受，但随着不适的加剧，她最终决定向乘务员表达自己的需求。茉莉拦住一位经过的空姐，希望能换到一个正对飞机机头的座位。茉莉说："对不起，我可以换一个座位吗？这个反向的座位让我感到很不舒服。”空姐停下脚步，她没有预料到茉莉会开口，更没有想到她会用流利的英语提出请求。她的表情透露出一丝惊讶。空姐说：“原来你会讲英语！我真的很抱歉，我们没有注意到你的不适。我这就去查看是否有合适的座位可以为你调换。”空姐的反应混合着职业的歉意和对茉莉先前沉默的误解。她迅速行动，很快为茉莉找到了一个更合适的座位，正对着飞机的前进方向。

茉莉换到新的座位后，感觉到身体明显舒缓。随后她便睡着了。她希望在抵达北京后，能找到新的平衡和安宁。

茉莉想起她在 4 月时第一次回到中国。

第十四章 ◎

回到中国

13 个小时之后，茉莉回到了中国。

北京首都国际机场，一直是茉莉脑海中繁忙与人多的代名词。机场内，旅客络绎不绝，他们或匆匆赶往登机口，或在转机间隙寻找一丝休憩。行李车碰撞的声音、广播中不断循环的登机提醒、儿童的欢笑与哭闹声交织在一起，构成了一个与美国茉莉所在城市机场不同的场景。不同语言和方言的人们在这里交汇，他们的脚步汇成了这座城市不断前行的节奏，也成为这座城市不可或缺的一部分。

尽管外界风起云涌，但机场里的时间仿佛更加紧凑，每一刻都在提醒着旅客们，他们正处于一个巨大的旅程之中。在这个空间里，每个人都在赶往自己的目的地，无论是回家的路，还是前往未知的旅程。北京首都国际机场就像是一个巨大的交会点，见证着无数故事的开始与结束。

当天晚上，紧张与期待充斥在茉莉父母的心头。在确认女儿即将抵达的消息后，母亲迅速打电话给茉莉的表哥，要他去机场接茉莉。表哥毫不犹豫地应允，立刻将车上预备送货的物品卸下，随即驾车向北京首都国际机场驶去。尽管他尽力赶路，但繁忙的交通使原本应该较短的行程拖延至一个半小时。

同时，茉莉的母亲决定乘坐地铁前往机场，以避免同样的交通拥堵。她从下午 3 点钟就已经在机场等候了。随着时间的流逝，夜幕渐渐降临，机场的灯光亮起，周围的喧嚣逐渐减弱，但茉莉乘坐的飞机却迟迟未能降落。

终于到了晚上 10 点多，887 次航班缓缓洛地，茉莉母亲的心终于稍稍放下一些。然而，从飞机着陆到乘客陆续出现在出口，又是漫长的 30 分钟。当茉莉的身影出现时，她的样子让母亲心疼不已。穿着一件白色外衣的茉莉，面色苍白，两眼显得无神、疲惫。她拖着一个大箱子，与最后几个离开飞机的乘客一起走出来。她的步伐显得沉重，大概是因为长时间的飞行和没有进食导致体力不支。

在回家的车上，茉莉几乎没有说话。她的手心微热，整个人显得虚弱。母亲和表哥尽力让她感到舒适，但茉莉显然需要时间来调整自己的状态。回到家后，尽管已是深夜，家人还是为茉莉准备了温暖的晚餐，希望她能补充体力。茉莉勉强吃了一些，但时差和精神压力使她难以入睡。屋内的钟声敲过午夜，茉莉在床上辗转反侧，思绪纷飞。直到凌晨两点，疲惫的茉莉沉沉睡去，带着对未来日子的忧虑，开始了在中国家中的休养。

有病乱投医

茉莉的变化对于认识她的人来说是一种震惊。曾经的她，带着几乎要洋溢出来的快乐和善良，给所有人留下了印象，她总是毫不吝啬地对他人展现她的关心与帮助。她的存在，本身就是家庭中的一股稳定力量，她总是那么爱笑。她的手总是能够牵引那些需要帮助的人走出困境。亨利经常自豪地描述茉莉的高效与能力，她管理事务的方式总是井井有条，无论是家庭聚会还是职场项目，她都游刃有余。

然而，当抑郁症无声无息地降临，这一切都发生了改变。那个曾经的茉莉仿佛被一个陌生的影子替代了，她开始有意回避亲人的关怀，对生活失去了热情，她的笑容越来越少，她的眼里满是迷茫。原本活泼灵动、温柔体贴的她，如今常常沉浸在自己的世界里，不再是那个笑容满面、热心助人的茉莉。这种转变让所有人都感到困惑，茉莉的家人尤其感到迷茫，他们不知道怎样的支持才是她真正需要的。抑郁症如同一块沉重的石头压在茉莉的心上，让她喘不过气来。在外人看来，她可能只是失去了往日的活力，但只有经历过抑郁的人，才能真正理解那种痛苦。

母亲常常试图让她走到院子里而不是躺在床上，想陪她散步，但茉莉不肯；她也想谈论一些轻松的话题，试图引导茉莉从阴郁的情绪中走出来，但茉莉不愿参与聊天；表哥则尽可能地为她制造欢乐的氛围，想偶尔带她出去看场电影或参加家庭聚会，却被茉莉拒绝了。亲人们虽然难以完全理解她的痛苦，却从未放弃支持她。他们知道，这不仅是对茉莉的爱，更是一种责任——一个家庭对其成员的不离不弃。在这个艰难的时刻，他们更加坚定了用爱和耐心来支持她的决心。家人开始尽力了解抑郁症这一复杂的疾病，阅读相关书籍，与专业人士交流，以便更好地理解茉莉的感受和需要。虽然他们也不清楚茉莉何时可以走出抑郁的阴霾。

早晨的阳光升起，茉莉和她的母亲便已经踏上了前往逸君医院的路程。网络上对这家专治抑郁症的医院评价甚高，这让茉莉的母亲抱有一线希望，心中期待能找到解决女儿困扰的方法。医院的环境确实如网上所说的那样洁净而有序，走廊宽敞明亮，空气中弥漫着一股淡淡的消毒水味。医务人员的态度非常热情，每一位员工都面带微笑。在经过短暂的等待后，茉莉和母亲被引导到王主任的办公室。王主任是一位中年男性。在详细询问了茉莉近期的病情和心理变化后，他提出了一系列的治疗方案，包括建议住院治疗、输液、进行脑电图检查，并开出了多种中西药物。王主任自信满满地向她们保证："根据我们的经验，综合这些治疗方法，你们应该能在三天内看到明显的效果。"茉莉的母亲听后心中一喜，感觉看到了希望。但茉莉本人对这种迅速见效的承诺持怀疑态度，知道情况可能没有那么简单。尽管有所保留，茉莉还是按照医生的建议开始了治疗。她们拿着很多新开的中药离开。到了下午两点，在返回的路上，疲惫的茉莉在车厢里不知不觉地沉沉入睡，这是她近期难得的深度休息。

到家后，尽管身处熟悉的环境，茉莉夜晚仍然不宁，饱受失眠之苦。然而，那次在出租车上的睡眠却让她感到了久违的安宁，似乎身体在无意识中找到了自我恢复的方式。这让茉莉感到一丝不同寻常的释然，也许这是她与病魔作斗争中的一个小小转机。

父亲老苏听人评价说这家医院不好，不能治病。于是母亲和茉莉 14 日又去了另一家医院的精神科找名医看病，实际上就是有病乱投医。她们等到 4 点才看上病。这里患者很多，医生少，看病很慢，急得母亲在楼道里来回走。那些患者都很平静，没人吵闹。旁边一个患者说，她的抑郁症也是这个表现，坐不住就需要来回走，她错把茉莉的母亲当成病患了。

记者问：除了自己的病情，你最担心的是什么呢？

茉莉想了片刻，作为母亲，她说，事实上她最担心的还是孩子。即使在自己病得很重的时候。

在那个宁静的早晨，茉莉坐在窗边，深深地思考了片刻。作为一位母亲，她永远是先关注孩子。即便是在自己承受着巨大身心痛苦时，她仍然将儿子放在第一位。那天，她接到了儿子正正从美国发来的微信消息，询问她何时能返回美国。正正即将在 5 月结束他的学期回家，之后计划实习，直至 8 月返回校园。这个消息让茉莉坚定了她的决心，她必须回去，不能让自己的病情影响到儿子最重要的学业与实习之间的阶段。她还可以为孩子做些什么。她让亨利立即为她订了回美国的机票。同时，茉莉忙着为自己的母亲准备签证申请材料，以便母亲也能随她一起前往美国。签证的预约已经定在了 5 月 3 日，这为她们的美国之行增添了一些紧迫感。

但在这一切忙碌与计划之中，茉莉的心情并不轻松。她对西药持有强烈的抵触情绪，担心那些药物会影响她的思维和记忆。她坚持不服用任何医生推荐的药物，尽管这让她的痛苦更加难以忍受。茉莉不满意北京医院的治疗，她觉得那些治疗方法并不能真正解决她的内心问题，只是表面上的应对。她心里烦躁时会对父母发火，这让她自己也感到非常内疚。然而，她的母亲始终在旁边耐心地观察着，她发现茉莉还能坐下来专心地阅读报纸超过半小时。这让母亲感到一丝安慰，认为茉莉的状况可能并不像医院描述的那样全然失控。母亲感觉到，茉莉的抑郁症可能与她内心深处未解的忧虑有关，而非单纯的化学失衡。

晚上，当一切安静下来，茉莉在睡梦中才能找到真正的宁静。在梦里，她能暂时逃离现实中的困扰，找到几个小时的安宁。

亨利前两天刚到上海，在上海工作，要到 7 月后才回美国。亨利的行李刚刚整理完毕，他坐在上海的一间现代化办公公寓里，窗外是繁华的城市夜景。这座城市将是他未来几个月的家。

茉莉在电话另一头的声音显得坚定，她告诉亨利，她已经决定回美国，无论工作还是身体状态如何。亨利知道，茉莉的抗抑郁药物给她带来了很大的副作用，使她常常感到精神不振，仿佛生活失去了色彩。

亨利买好了茉莉回美国的机票，她说只请到这个时候的假。回程机票时间是可以改的，亨利向航空公司交了 300 美元改票费，正正自己订了 5 月回家的机票。茉莉坐在书桌前，给母亲写了她在美国的地址，她想可以早一步回去，母亲之后再来美国。母亲看着茉莉的背影，很心疼和担忧。她走到茉莉身边，轻轻拍着她的背，温柔地说道："茉莉，无论未来如何，你都不必害怕。你的父亲和我会一直在这里支持你。我们为你准备的不只是一个避风的港湾，更有足够的经济来源，你不必为生活奔波劳碌。"但母亲也知道茉莉非常要强。

晚上 10 点，茉莉按时服下了她的药，药效让她很快进入了梦乡，但这并不是真正的休息。每次醒来，她都感觉疲惫不堪，好似整晚都在与自己的焦虑作斗争。

第十五章 ◎

小区围墙内的阳光、肃静和规则

茉莉的家庭背景在她的成长中显然被淡化了。她的家在北京的一处高级小区。小区的入口处常驻着士兵，他们纪律严明，像雕塑般一动不动地站岗，他们的目光始终向前，从不因周围的日常生活动态而分心。茉莉对这一切早已习以为常。她甚至回忆起大学一年级时在无锡的暑期大学生军训，那种 42 摄氏度酷暑下的难以忍受的严格训练。她在汗水和口令中站军姿、跑步、正步走。那种烈日下的操练，让人几近窒息，但也让她第一次体会到一种“秩序”的威力——服从、忍耐、沉默不语。那年她才 19 岁，还不知道这种秩序并不仅属于操场，它深深根植于更大的中国社会。

茉莉当然清楚这一切。她唯一还保留的，是对秩序的本能适应。就像她在军训时那样，脚步要齐，眼神要稳，站在阳光底下，不动如山。

在这个小区内，有一家有名的餐厅。餐厅提供全天候餐饮服务，菜品多样，汇集了来自中国各地的特色美食，既有精致的粤菜，也有丰盛的鲁菜，还不乏辣味的川菜，每一道菜都是精心制作，价格之低廉令人难以置信，这在北京这样的大都市里尤其罕见。即便如此，餐厅的服务和菜品质量仍然屡受挑剔的食客提意见。不过，餐厅管理层对此类意见非常重视，每当有反馈出现，他们都会迅速响应，不仅改进问题，还会不断升级菜品的质量和服务的细节，以确保每位顾客满意。这种敏感和迅速的改进机制，使餐厅的菜品质量越来越好。究其原因，还是因为餐厅得罪不起提意见的人。

茉莉的母亲经常在和朋友的聊天中感叹中国的社区服务多么完善和贴心，她不禁对比美国，感慨中国的生活在许多方面其实更有优势。在她看来，这样的服务是在国外难以享受到的。

去表哥家散心

天空刚刚泛白，北京的早晨迎来了一阵清凉的大风，树叶在风中沙沙作响。茉莉在这样的清晨早早醒来。她吃完了保姆精心准备的早餐，之后又亲手洗净了碗盘。这是五一假期以来，她首次在厨房里忙碌，母亲看到这一幕，心中不禁有些宽慰。完成这些日常琐事后，茉莉提出了一个意外的请求，她想去表哥家散散心。这让母亲感到既惊讶又欣慰，因为茉莉已经很久没有提出过要外出。母亲立刻拨打了表哥的电话。很快，表哥开车来到了他们家门口。

来京 20 多天，茉莉第一次出去，心情似乎好了点儿，总在家待着，确实憋得慌。茉莉穿上了她最喜欢的淡蓝色外套，戴上了一顶帽子。母亲帮她整理好衣物，不断地提醒她要多穿一点，别着凉了。车外的风虽强，但天气逐渐变得晴朗，阳光斜斜地洒在街道上，为初夏的北京带来了几分暖意。一路上，车内播放着轻柔的音乐，茉莉靠在车窗旁，看着街景渐渐变换，从繁忙的市区到相对宁静的居民区。

到达表哥家后，茉莉被这个温馨的小家环境感染。表哥和表嫂热情地迎接她，家里的装饰简单而温馨，墙上挂着几幅表哥一家的合影。表嫂准备了茉莉最喜欢的点心，他们围坐在客厅里。茉莉话不多，她在一边看中国电视剧《人民的名义》。这让她忘了些她的痛楚，也提醒她接受现实也许会好过些。大家不都是这样普通地活着吗？

在机场头也没回

转眼间，21 天的假期已经接近尾声。对于茉莉和她的母亲来说，这段时间并没有带来期待中的疗愈效果。尽管她们做出了种种努力，茉莉的病情并没有得到明显的改善。

清晨 6 点钟，母女俩就匆匆赶到了机场，赶上了茉莉即将启程去美国的航班。航班定于上午 10 点起飞，预计在后半夜 3 点抵达美国。机场大厅内人头攒动，喧嚣的声音与忙碌的脚步声交织在一起，显得格外忙乱。

回顾这 21 天，母亲心中满是自责与无奈。她责怪自己在这段时间里没有更好地帮助茉莉，甚至觉得自己的努力似乎都是徒劳的。茉莉并没有按时服药，治疗也没有对症下药，所有的尝试仿佛都在无形中流失，未能带来任何实质性的改变。茉莉心中的结仍未解开，她整天忧心忡忡，对工作的焦虑依然是她最大的困扰。在机场，茉莉自己拎着行李，缓步前行。她的脸上毫无表情，眼神中透着一丝冷漠和倔强。当她进入安检通道时，头也没回地继续向前走去。她简短地告诉母亲，她不打算再回来。这句话深深刺痛了母亲的心。

母亲站在原地，目送着茉莉的背影逐渐消失在人群中。她的心情沉重，眼眶中盈满了泪水，但她知道，抑郁症就是这样无情地折磨人，剥夺了茉莉的快乐和希望，让她陷入焦虑、痛苦与无助中。母亲深感无奈，不知如何才能真正开导和帮助自己的女儿。

母亲离开了机场。机场的喧嚣渐渐远去，母亲知道，这不是终点，而是另一段漫长旅程的开始。茉莉在远方仍需要她的支持和关爱，无论多么困难，她都不会放弃对女儿的希望。即使前路迷茫，她也会尽力为茉莉带去更多的温暖和力量。

第十六章 ◎ 俞鲈

茉莉回到美国家里的那一刻，心中的不安和焦虑似乎稍微缓解了一些。虽然她的情绪依旧不稳定，但至少回到了熟悉的环境中，这让她感到一丝踏实。相比在北京的日子，茉莉觉得在这里至少能“实践”自己的生活。

在北京的那段时间，茉莉每日的生活除了看病吃药，便是在无尽的思索中度过。她感到自己仿佛陷入了一种无所事事的空想状态，这种状态让她更加焦虑。对工作和孩子的担忧以及对房子出售的心疼时时刻刻在侵蚀着她的内心。她意识到，自己真正关心的重要事情都在美国，留在北京只会让她的状况雪上加霜。

回到家中，她发现自己能做的事情更多，也有了些许忙碌的理由，这让她的精神稍微振作起来。茉莉的身边还有几个朋友，其中一位熟人叫俞鲈，在她回国的这段日子里，帮助她处理了一些家里的琐事。比如，在茉莉不在家的时候，俞鲈不仅帮忙留意她的房子出售进展，还帮忙打听市场上的各种信息。

茉莉回到美国的家中，尽管内心稍有平静，但她仍然被一系列未解决的问题困扰着。其中最让她烦心的是房子的出售问题。她希望尽快将房子卖掉，以减轻可能因工作变故而带来的经济压力，但这件事情并不像她预想的那样顺利。前不久，俞鲈给茉莉打来电话，告诉她关于房子出售的最新进展。“茉莉，我联系了杰克丁，他是这个地区的知名房屋经纪人。他说目前市场行情不错，你的房子应该可以卖个好价钱。”

杰克丁是茉莉委托的房屋经纪人，他初次来评估房子时，脸上挂着自信的笑容，对茉莉说道：“你的大房子保养得很好，很保值。这个区域的房价也在稳步上升，我相信能卖个好价钱。”茉莉听后心中稍感安慰，认为自己总算能在一件事上看到一丝希望。

然而，最近杰克丁私下与俞鲈交谈时，他的语气却变了。“这房子旧了，虽然保养得还不错，但现在市场行情不好，不值那么多钱。”俞鲈将这些话转告给茉莉时，她感到一阵愤怒和失望。“这个杰克丁怎么能这么说呢？他到底是怎么回事？”茉莉说道。茉莉在北京时，她还特别嘱咐俞鲈打电话请墨西哥工人来院子里除草，希望保持房子的外观整洁，给潜在的买家留下好印象。俞鲈帮她处理了这些琐事。

茉莉给母亲打电话，聊起这些烦心事。她说道：“房子那边一直没有找到合适的买家。”母亲在电话那头温柔地回应：“茉莉，别太担心了。大房子和贵房子总是卖得慢一些，这也是意料之中。你要保重身体，其他的事情慢慢来解决。”

亨利在外州工作，正正在大学读书，忙碌让他们难以抽身回家。茉莉独自面对生活的重担，亲人们都不在身边，这让她的内心感到担忧和迷茫。尽管俞鲈提供了一些帮助，但毕竟他只是个外人，能做的事情自然非常有限。俞鲈每次看到茉莉，总觉得她无论在哪个方面都高人一等，而他自己不过是个普通的打工者，这种自卑感让他在茉莉面前显得格外小心翼翼。然而，茉莉从来不是一个势利的人，她根本没有在意俞鲈的身份和地位，对他的帮助心存感激。

远方的母亲一直挂念着女儿的状况。她知道茉莉有时连做饭的精力都没有，甚至因为疲惫和精神不济，做饭都会烧煳锅底。母亲收到茉莉发来的微信图片，看到被烧煳的锅底，更加担忧，担心茉莉的饮食营养不良会影响她的恢复。母亲无法亲自去美国照顾茉莉，因为她还需要照顾老苏，只好请俞鲈帮忙。她特意发信息给俞鲈，拜托他帮茉莉做点饭吃，并嘱咐道："如果茉莉在讲话时无意中伤到你，请你别放在心上，她现在情绪不稳定。"俞鲈虽然觉得有些为难，但面对茉莉母亲的请求，他还是答应了。他抽空去茉莉家，帮她做些简单的饭菜。

有一天晚上，母亲打电话给茉莉，电话没有接通。母亲的担忧随着时间的推移而加剧，害怕茉莉身体虚弱，晚上睡不好觉，白天就更没有精神。过了一会儿，茉莉终于回电话了。"妈，我在上班呢。"茉莉的声音从电话那头传来。母亲听到女儿在工作，心里稍稍安定了一些，但仍然挂念她的健康。"你要照顾好自己，别太拼了，身体最重要。”母亲温柔地叮嘱，茉莉明白母亲的担心。她知道，这场与抑郁症的战斗需要时间和耐心，而她也在这条艰难的路上一步步前行。

茉莉的母亲一大早去美国领事馆申请签证，签证官查看了她的材料，很快便批准了十年期的签证。在领事馆签证时，美国签证官注意到她曾经申请过签证并被批准却没有使用，于是问道：“您以前也申请过签证，怎么没去呢？”茉莉的母亲回答：“因为女儿回来看我了，所以我就没去。”签证官重复了她的话，脸上露出微笑：“你和女儿‘你来我往’，好。”随后，签证官祝她顺利并表示：“祝您成功。”

茉莉的母亲从与俞鲈的交谈中了解到，他的姐姐在北京东交民巷上班。她心里盘算着，让俞鲈帮忙照顾茉莉，尽管事情不大，但不能让他白费心力。她决定给他一些钱，便将几千美元交给了俞鲈的姐姐，请她转交给俞鲈。这样一来，不仅表达了她的感激之情，也避免了俞鲈因为接受金钱而感到尴尬。

签证文件不久后便被送到了家里，这让茉莉的母亲感到欣慰。虽然暂时不能去美国，但她已为未来做好了准备，随时可以飞往大洋彼岸，陪伴茉莉度过这段艰难的时光。母亲托俞鲈的姐姐转交了第一笔费用给俞鲈，以感谢他对茉莉的帮助。俞鲈收到这笔钱后，决定请茉莉吃顿饭。这样也能让茉莉的母亲放心一些。

那天晚上，俞鲈带茉莉去了一家当地有名的高级牛排馆。

餐厅的装饰华丽典雅，柔和的灯光洒在每一张精心摆放的餐桌上，空气中弥漫着浓郁的烤肉香气。俞鲈选了一个靠窗的位置，夜晚的城市灯火辉煌，透过玻璃窗映入眼帘，为这顿晚餐增添了一份浪漫的氛围。

茉莉坐在餐桌旁，看着俞鲈点了昂贵的牛排和红酒。她知道俞鲈平时生活节俭，突然变得如此大方，让她感到意外。"俞鲈，这顿饭一定不便宜吧？"茉莉试探性地问道，眼中带着一丝不解。俞鲈微微一笑，举起酒杯轻轻碰了碰茉莉的杯子，语气轻松地回答："别担心，这只是一个小小的心意。你最近经历了这么多，需要放松一下。能帮到你，是我的荣幸。"茉莉虽然心里仍有疑惑，但餐厅的氛围轻松愉快，俞鲈不断地讲着有趣的故事，试图让茉莉放松心情。茉莉被他的幽默逗乐了，脸上露出了久违的笑容。

与此同时，茉莉的母亲在远方也得知了俞鲈请茉莉吃饭。虽然是用她的钱。母亲一直认为，在这个社会上，没有人会无偿帮助别人，任何帮助都需要付出代价，这叫人情世故。母亲知道，俞鲈收到钱后，帮助茉莉也变得更加积极。这让她感到安心，毕竟在她无法照顾茉莉的时候，有人帮忙也是种安慰。

第十七章 ◎ 整牙诊所

茉莉正坐在家中的客厅里，手机屏幕突然亮起，显示出一条来自正正的短信："妈妈，你怎么样了？"孩子简单的问候让她的心情变得复杂。正正以为她已经康复，但事实并非如此。

几天后，正正回到家，他需要去诊所矫正牙齿。这是他们一家经过多次比较后最终选择的一家由俄裔美国人开的高端整牙医院。诊所的环境奢华且时尚，充满了现代科技感。

正正的整牙费用不菲，超过一万美元，但茉莉已付清。她知道，这家医院有先进的技术，不像其他医院那样需要把牙齿全部拔掉再重新组合，这让她心安了许多。

茉莉站在诊所的停车场，目送正正走进诊所，心里充满了矛盾和复杂的情感。她的儿子已经长大，不再是那个需要她时刻陪伴的男孩了。正正看到母亲的神情和状态，也变得格外体贴。"妈，你就在车里等我吧，或者我打 Uber 回家。"正正对她说。茉莉感到一阵羞愧和无奈。她知道，正正注意到了她现在的状态——无精打采、心神不宁。她曾经是一个优雅的女人，总是精心打扮、精神焕发，现在的她却显得如此憔悴。这种对比让她心中升起一股莫名的悲伤。

重新坐回车里，茉莉透过车窗看着诊所，思绪万千。她回想起自己健康时的情景：每次都是她开车带正正来诊所，耐心地等待他治疗结束，然后带着他回家。那时候的她，自信、从容，对未来充满了希望。而现在，她只能无奈地坐在车里，感受到时间的无情和命运的捉弄。她知道，正正的体贴是出于对她的爱和关心，但这份关心更让她感到失落。现在，是她需要依靠儿子的理解和帮助。这种角色的转变，让她感到深深的自责和无奈。茉莉静静地坐在车里，闭上眼睛，试图让自己放松。但心中的那份惭愧和遗憾却始终挥之不去。她知道，自己必须坚强起来，重新找回那个优雅、自信的自己。

在电话那头，亨利的语气中充满了理性的分析和现实的考量。“茉莉，卖掉房子可以缓解你可能失去工作的压力，你也不用再为这些事情烦心。”但茉莉只觉得心烦意乱，她知道亨利是为现实着想，但她实在无法割舍她与这个房子的感情。亨利总是鼓动茉莉卖掉房子，每当他提起这个话题，茉莉的心情就变得更加不安，仿佛被一股无形的压力紧紧包裹着，让她难以呼吸。卖掉房子似乎是一种理智的选择，但茉莉却无法轻易放下这个承载了她太多回忆和情感的地方。

她的父母也得知了这一情况，他们明白茉莉现在的心理状态并不适合做出这样重大的决定。于是，父母决定站在茉莉一边，反对卖房子的提议。母亲在电话里温柔而坚定地对茉莉说：“有房子，就有家，也有地方遮风挡雨。即使暂时没有工作，还可以再去找。孩子回家也有地方住，不要因为一时困境就卖掉房子。”茉莉听着母亲的话，感受到了一丝慰藉。父亲也在一旁附和道："以后不要再提卖房子的事了，我们一起想办法，不要轻易放弃。"茉莉的心稍微安定了一些，但她仍然感到前途未卜。她知道，父母的话是为了让她安心，但她内心的困扰依然没有消散。

夜晚，茉莉独自坐在客厅里，灯光柔和地洒在她的周围。她看着墙上挂着的一家人的照片，那是过去美好时光的见证。她记得正正在这里度过的每一个生日，一切都让她无法割舍。有房子在，她就有了一个可以依靠的地方，一个真正属于自己的家。她不愿意放弃这份安定和归属感。茉莉决定暂时不去考虑卖房子的事情，她需要时间来恢复自己。

母亲节那天上午，茉莉拿起手机，给远在北京的母亲发了一条微信："妈妈，母亲节快乐！"当天晚上，茉莉和正正决定一起去附近的一家泰国餐厅吃晚饭。餐厅的装潢充满了异国情调，柔和的灯光映照在精致的木雕装饰品上，空气中弥漫着香料的芬芳。泰国菜是茉莉喜欢的。正正看着母亲疲惫的脸庞。他知道，母亲一直以来都是一个坚强而健康的女人，几乎没有生过病，现在她的状态让他难过。晚餐期间，正正坚持付了钱。他知道，如果母亲没有生病，这个初夏的母亲节本该是温馨而美好的，他们一家人会一起庆祝，笑声充满整个房间。但正正的支持和爱还是让茉莉在这条艰难的道路上找到了继续前行的力量。晚餐结束后，母子俩静静地走在回家的路上。初夏的夜晚微风拂面，街道两旁的树影婆娑，显得格外宁静。茉莉抬头望着星空，心中默默祈祷。

俞鲈发现，茉莉母亲给的那笔服务小费已经所剩无几。他开始渐渐寻找各种借口。一次他对茉莉的母亲说道：“茉莉现在不太需要我的帮助了，她自己可以应对。”事实上，虽然茉莉给他的也许的确是这种感觉，但更可能的是，俞鲈感到自己的努力得不到认可。

在一次与俞鲈的谈话中，茉莉的母亲隐隐察觉到俞鲈内心的那份小心翼翼和自卑感。他显得有些不自在，话语中透出一种普通人的心态，那种对物质和回报的渴望，以及对复杂局面的无奈。她心里明白，俞鲈只是一个普通人，无法承担太多的责任，尤其面对茉莉这样一个高要求、高标准的人。茉莉的母亲担心茉莉身边没有可以信赖的人，连个传话的人都没有。她知道，俞鲈虽然有些小心眼，但在目前的情况下，至少他是一个联系人。因此，她决定继续通过俞鲈的姐姐转钱给俞鲈，希望他能继续帮助茉莉。

一天，俞鲈姐姐收到了茉莉母亲转来的更多钱，她很快把钱转给了俞鲈。俞鲈收到钱，再次来到茉莉家，继续帮助茉莉处理一些生活上的事。茉莉虽然对俞鲈的再次出现感到有些疑惑，但她也意识到，这是母亲在背后默默地为她操心。

茉莉的母亲在远方继续关注着女儿的一举一动。她知道，无论多么艰难，家庭的支持和爱是茉莉最坚强的后盾，希望这份爱能一直陪伴着茉莉，帮助她渡过每一个难关。

第十八章 ◎ 惊人一幕

中午，俞鲈按计划来到茉莉家帮她做饭。他一边哼着小曲，一边熟练地在厨房忙碌着。突然，他注意到厨房门半掩着。他心中一紧，小心翼翼地走近。

推开门的一瞬间，俞鲈的心猛然一沉，他看到茉莉坐在地上，双手无力地垂在两旁，泪水无声地流淌在她苍白的脸庞上。她的手腕上有几道明显的割痕，血迹虽然浅浅的，但那触目惊心的红色仍让俞鲈的心猛地一颤。“茉莉！”俞鲈冲上前去，声音颤抖着问道：“你在干什么？为什么要这样对自己？”茉莉没有说什么，只无力地抬起头，眼中满是痛苦。俞鲈一边安抚茉莉，一边拿出手机想拨打急救电话，请求紧急救助。但茉莉制止了他。

记者后来问她：“茉莉，你曾经有了结自己生命的念头，你真的这样去做了吗？”茉莉沉默片刻，眼神黯然。“是的，我真的尝试过结束自己的生命。那段时间，仿佛整个世界压得我喘不过气来。”记者轻声问道：“是什么让你决定继续活下去？”茉莉的回答让记者始料未及。“因为我发现其实死比活着更难。”茉莉淡淡地说。

茉莉上网搜索。自我了结的方式虽然有很多种，但却没有任何一种是轻松可以完成的。正如日本作家在一本书中列举的最常见的几种自我了结方式——卧轨、跳楼、溺水、吃安眠药、上吊、开枪——每一种都令常人无法想象，充满了痛苦和挣扎。茉莉回忆起自己曾经面对的那些黑暗时刻，心中感到一阵寒意。她尝试过割腕，锋利的剪刀划过肌肤的瞬间，剧烈的疼痛让她失去了意识，眼前的景象变得模糊而混乱。任何尝试结束生命的冲动，都是在极度痛苦中产生的。其他方式也同样充满了令人难以承受的恐惧。服用过量的药物，看似平静的方式，却可能带来长时间的身体不适和剧烈的呕吐，让人痛苦不堪；跳楼，瞬间的决绝背后，是对高度和坠落的恐惧，以及身体在空中失重的那一刻无法形容的恐怖；用绳子结束生命，窒息的感觉伴随着极度的恐慌，让人本能地挣扎，无法承受那种濒死的绝望。

为什么会这样？茉莉在内心深处不断问自己这个问题。大概说来，就是活着的痛苦超出了快乐。她亲身经历过，也见证过他人的痛苦，这些经历加深了她对生命的复杂情感。茉莉曾经的同事多拉，在与丈夫离婚后选择了溺水自尽。多拉离世前在茉莉的梦里出现，她在梦里与茉莉道别。她把自己淹死在她最喜爱的湖里。那是一个春寒料峭的 3 月，湖水仍冰冷。茉莉不止一次地想，如果那天天气不是那么冷，如果还有人在湖边散步，如果多拉在去湖边的路上遇见了某一个人，并与那人交谈，她也许就不会走上绝路。也许她会发现，自己并不是过得最差的那一个，甚至还有许多值得继续活下去的理由。比如，多拉拥有两间出租房，而有些人没有房子。在那样的情况下，她也许会转念，选择继续活下去。

茉莉的心中还常常浮现另一个故事。一个 22 岁的年轻女生，陷入了感情的旋涡，不能自拔。她本来已经考上了密歇根大学的博士，前途一片光明。然而，男友提出分手，这个突如其来的打击让她崩溃。她第一次尝试跳楼，但未遂。后来，她在绝望中以另一种方式离开了。那一天，她的生命戛然而止。她的父母从中国千里迢迢赶来处理丧事，白发人送黑发人的悲剧让他们的心碎成了碎片。那个年轻的生命就这样消逝了，带走了她所有的梦想和希望。

茉莉在这些故事中看到了自己的影子。她明白，生活的痛苦有时候会无情地吞噬人的意志，让人看不到任何希望。她知道，那些选择结束自己生命的人，并不是因为他们懦弱，而是因为他们承受了常人不能理解的痛苦，看不到光明。这种痛苦超出了他们能够承受的限度，才使他们做出了那样的选择。

茉莉望着眼前的湖水，心情平和了些。她爱水，又怕水，不会游泳。

茉莉明白了，那些冲动的念头并不是解脱的途径，而是将她推向更加黑暗的深渊。她知道，真正需要的是面对这些痛苦，而不是逃避。她的家人和朋友让她在最脆弱的时候仍然能够感受到爱与关怀。茉莉意识到，生命中还有许多值得她坚持的理由。

但茉莉的光明在哪里呢？想到这些，她的心情复杂而沉重。

茉莉自杀未遂，她决定到附近的湖边走走，让自己冷静下来。湖边的微风拂过她的脸庞，水波荡漾，似乎带走了一丝烦恼。茉莉想给俞鲈打电话，但她没有带手机。环顾四周，她看到公园里有一位陌生人正在散步，便上前借手机。那位陌生人并不显得惊讶。美国人通常都很乐于助人。他看着茉莉急切的神情，毫不迟疑地将手机递给了她。茉莉拨通了俞鲈的电话。“俞鲈，是我，茉莉。我在湖边，你可以开车来接我吗？”俞鲈接到电话时，有些开心，立即答应了。“茉莉，你等着，我马上过来。”挂断电话后，俞鲈想，茉莉能记住自己那么长的电话号码，说明她的脑子没糊涂。

下午 2 点多，俞鲈赶到湖边，接到茉莉时，她看上去有些憔悴，但情绪稳定。回到家后，俞鲈给她煮了点粥，茉莉喝了几口，情绪稍稍平复下来。她坐在电脑前发呆，内心仍然波涛汹涌。“我想静静。”茉莉说道。俞鲈点点头。他上车后，并没有开车离开，而是坐在车里，悄悄地观察着茉莉的家，确保她不会再做出什么令人不安的举动。

夜色渐深，俞鲈看到茉莉的房间灯光熄灭，心中稍感安慰，觉得她应该没事了，这才放心地开车回家。他心中依旧不安，于是决定将这件事告诉茉莉的父母。“今天茉莉差点出事了，很让人担心。”俞鲈对电话那头的茉莉母亲说道。茉莉的母亲听到这个消息，心里一阵惊慌。她立即咨询了北京医院的熟人大夫，大夫严肃地说："这种情况必须吃药才能缓解。药物可以调节人的心理状态，让她感觉放松些和愉悦些。"母亲将大夫的话转告给茉莉，并语重心长地劝说道："茉莉，医生说你必须吃药，药物能帮助你调节情绪，让你放松下来，别再抗拒了。"

茉莉却仍然不能决定是否应该开始接受药物治疗。

第十九章 ◎ 抑郁症让亲人心神疲惫

母亲节过后，便迎来了端午节。节日的氛围让茉莉稍稍安定了一些，理智也渐渐回归。她决定等正正大学毕业后，再考虑房子的问题，看是否要换个小房子。她希望在这段时间里能够找到更多的平衡和稳定。

茉莉的父母心里只有女儿。茉莉的抑郁症让亲人们寝食难安，心神疲惫，又感到无能为力。老苏因为女儿的病情而忧心忡忡，他的健康也因此受到了影响。几次心脏病的发作让他在夜里憋醒，气短难耐。年老体弱让他比不上年轻人，茉莉的母亲担心老伴会因为过度担心而突然离世。

又到了月末的最后一天，老苏坐在沙发上，头也不抬，忽然对母亲说："要不你就去美国照顾茉莉吧。"母亲看着老伴憔悴的样子，她知道这是老苏不情愿却又不得不说的话。她立即打断他说："我不去，茉莉年轻，没事，她能挺住。"然而，母亲的内心也在煎熬。她既担心女儿的病情，又忧虑老伴的健康。

母亲的为难

母亲坐在沙发上，手中紧紧抓着电话。两天里，她多次试图联系俞鲈，却总是无果。她明白，俞鲈不想负责任。她知道茉莉正处在生活的低谷，需要家人的支持和关怀。在电话那头，亨利的声音透露出忙碌和焦虑。他告诉母亲，尽管他试图安慰茉莉，但茉莉似乎无法接受任何形式的劝解，这让亨利感到无奈。

母亲叹了口气，她深知作为一名老人，做出跨越重洋去美国的决定充满挑战。家人们忧虑她语言不通，更别提在异国他乡照顾茉莉的难题。亲友们的劝解在耳畔回响，他们认为她年岁已高，身边无人陪同，去了美国恐怕会更加束手无策。但母亲的心里有一种难以抑制的坚定，她不愿坐视不理。

付钱请人帮助

母亲的担忧像绵绵细雨。在远离女儿茉莉的这段时间里，她只能通过俞鲈这一不甚可靠的渠道了解女儿的情况。茉莉的独立性让她不愿频繁地与家里联系。因此，即使内心充满了疑虑，母亲仍旧选择通过经济援助俞鲈，希望他能继续关照茉莉。

俞鲈对这笔钱的回应是又邀请茉莉出去用餐。他们选择了一家韩国餐厅，点了茉莉以往喜爱的烤牛仔骨等食物。俞鲈要了大份的。然而，即使是在这样的场合，茉莉的心情依旧无法得到缓解。她的表情沉郁，甚至连邻桌的客人都注意到了她的异样，纷纷投来好奇而审视的目光。这种氛围让俞鲈感到尴尬，促使他们匆匆离开，仓促间只买了一些水果。钱锺书曾经说过，一个人吃得香，并非单纯因为食物的美味，而是因为心无旁骛。而茉莉显然并不享受这一顿饭，她的心思显然在别处。

尽管如此，俞鲈在向茉莉的母亲汇报时却美化了事实。他告诉她，茉莉的精神状态良好，甚至还描述了他们在一家高档餐厅享用海鲜的情形，说茉莉吃了很多龙虾，似乎在强调她的食欲很好，从侧面暗示她在家中可能缺乏营养。这种描述无疑给母亲带来了一些安慰。

茉莉的真实情况远比俞鲈描述的要复杂。她的心情低落，甚至连基本的烹饪都提不起劲。俞鲈偷偷拍摄的照片显示了她那憔悴的面容和瘦弱的身躯，这一切都与俞鲈的报告截然不同。

同事凯丽

茉莉一直觉得她作为移民美国的华人，也是美国社会的一分子。茉莉在美国的生活有挑战，却充满人情味。尽管经历了诸多困难，包括工作压力，但她周围的同事甚至陌生人常常给予她温暖和关怀，这让她对于这片他乡的感情日益深厚。

凯丽，茉莉的同事，不仅在工作中给予茉莉帮助和指导，还在茉莉情绪低落时给予关心。有一次，茉莉与人事部门进行了一次可能影响她职业生涯的谈话，凯丽察觉到茉莉离开办公室时情绪异常。那晚，凯丽跟在茉莉的车后，确保她安全地回家。在茉莉进入家门后，凯丽还默默地帮她收拾了放在门外的垃圾桶，然后在自己的车里静静地坐了一会儿，确认一切安好后才驱车回家。

茉莉在美国的经历还包括了许多小插曲，让茉莉对美国人的友善和乐于助人留下了深刻的印象。有一次她在餐厅吃完饭匆忙回办公室，不慎将便当盒遗忘在车顶上。幸运的是，后面的车主及时发现并用喇叭提醒她。

有一年的感恩节，购物中心熙熙攘攘，人潮涌动。茉莉这天也随着人群走进了诺德斯特龙（Nordstrom）的门店。她刚刚挑中了一件外套，正准备拿去试衣间试穿。突然，两声清晰的枪声划破了购物中心的喧闹。这声音尖厉而突兀，像炸弹般炸开了空气，瞬间让人群陷入了慌乱。茉莉下意识地环顾四周，寻找可以躲避的地方。目光扫到不远处的试衣间，她立刻大步奔了过去。帘子是拉上的，里面已挤进了四个美国人：一个中年女人，旁边是她十二三岁的儿子；另有一对年轻的情侣，男孩用手护着身旁女孩的肩膀。他们听到茉莉跑近，立刻将她一把拉进试衣间，随后又将帘子拉上。“快蹲下！”中年女人低声嘶哑地提醒道，她的手指因紧张而发白，正在飞快地在手机上发短信。每个人都屏住了呼吸，尽量蜷缩身体，让自己贴近地面，生怕一点点声响会引来不该来的人。茉莉能听到自己的心跳声，如同密集的鼓点，让她异常恐慌。

外面的混乱似乎逐渐远去，店家和购物中心迅速开启了紧急模式。又过了一段时间，门外传来了店员的轻声呼唤："这里安全了，请跟我们走。"众人心有余悸地起身，依次被店员引导到一条隐蔽的员工通道，走出了商场大楼。当茱莉终于站在停车场时，停车场周围警灯闪烁，警察和急救人员正在组织救援，气氛紧张而肃穆。路边有过路人低声议论，说似乎是两个人在美食区发生了争执，其中一人开枪伤人，还有人因为惊吓过度，在奔跑中突发心脏病倒下。

这是茱莉在美国第一次，也是唯一一次经历枪击事件。紧张而充满同理心的试衣间里，那些陌生人之间的团结与互助，让茱莉深刻感受到人性中闪烁着温暖的光芒。茱莉和那个中年女人还互相留了电话号码，并为对方的平安祈祷。茱莉没有将这件事情告诉父母。母亲经常说："美国太吓人了，总是开枪。"

在另一个冬日，当茱莉的车在大雪中抛锚时，一位年轻女生驾车在茱莉车后，毫不犹豫地脱下自己的外套，将其铺在雪地上帮助茱莉启动汽车。车启动了，等茱莉再回来感谢那个女生的时候，那辆车已经消失在茫茫大雪中。

这些经历增强了茱莉作为社会一分子的认同感，她愿意相信自己也始终能为这个社会贡献一份力量。

茱莉仍坚持每天工作，尽力适应压力与忙碌。然而，压力和疲惫有时让她难以集中精力，由于抗抑郁药的作用，她会在不该犯困的时候犯困，在驾驶时反应迟钝，也常常遭到后车按喇叭催促。这让她多少有些气馁。

父母觉得帮不上女儿的忙，只能出钱请俞鲈帮忙照顾她。老苏说，给的钱不多。父母只能通过俞鲈了解女儿的情况，俞鲈报告说茉莉一切正常，她想看医生，想休病假，但约医生还得等一段时间。父母对茉莉的情况深感无能为力。在异国他乡的女儿面对困境，而他们除了经济上的援助，几乎无法提供其他形式的帮助。他们依赖俞鲈的信息来了解茉莉的状况。

父母在接下来的一周里再次失去了与茉莉的联系，他们天真地希望女儿能自我恢复，能找到解决问题的方式。然而，现实却并非如此顺利。当他们考虑是否要给俞鲈更多钱时，他们从俞鲈那里得到消息，事情已经发展到了一个更加复杂的阶段。

第二十章 ◎ 从警察到访到3个月后第二次回中国

茉莉的情况终于引起了周围人的关注。事情发展到了一个紧急的阶段，茉莉的公司注意到她已连续两天没有来上班，这在一向勤勉的她身上极为罕见。公司管理层出于对员工福利的关怀，决定采取行动。在无法通过电话联系到茉莉后，他们联系了当地警方，请求帮助以确认她的安全。

警方的介入是迅速的。他们来到茉莉的住所，敲门时带着职业的严肃与关切。茉莉虽然生病，但还是挣扎着来到门前，开门面对警官。警官的询问直接而关切："你生病了吧？"茉莉简单地回答，确认了自己健康状况不佳。这一回答促使警官立即采取行动，他们没有犹豫，迅速叫来了急救车，将茉莉送往最近的医院进行紧急救治。

在医院，经过初步的急诊治疗和观察，医生们认为茉莉需要更细致的医疗关注。经过 24 小时的观察之后，她被转移到医院的普通病房，继续接受治疗。医生们诊断出茉莉的状况需要专门的心理健康治疗，于是安排她转入专门治疗精神疾病的医院。

茉莉的状况一次比一次令人揪心。这一系列的事件让茉莉的父母倍感震惊，却也带来了一丝安心。他们感激公司的负责行为和警方的迅速响应，也庆幸茉莉终于得到医疗关注和专业治疗。虽然他们担忧她的健康，但祈祷这一转变能为她的康复带来希望。

茉莉住院后，俞鲈考虑到老人们的心脏不好，就先和亨利、正正联系上了。正正连续给爸爸打了两次电话，很激动地说："爸爸，你要管我妈妈，我回不去。"亨利说："我管，我管。"他一边安慰正正，一边嘱咐他在妈妈生病期间安心学习。亨利立即联系了茉莉所在的公司。公司说茉莉此时住院治疗，一切费用全部由她的医疗保险承担，病假期间，她的工资、福利等一切照常。亨利打算下周回美国看望茉莉，帮助处理家里的一些事。在他回去之前，他也请俞鲈到医院看望住院的茉莉。医院当时问俞鲈和茉莉是什么关系。俞鲈回答说，只是普通朋友。

随着茉莉的健康状况成为整个家庭的关注焦点，包括表哥在内的几位亲人也开始对她的最佳照顾方案展开讨论。表哥的观点代表了一部分家族成员的想法，他们认为茉莉回国治疗能得到更广泛的家庭支持和关怀，这对她的恢复将是极大的助益。茉莉的母亲自然是极力支持女儿回国的提议。母亲的担忧不仅源于茉莉的病情，还有对老苏健康状况的担忧。老苏在最近的一次体检中突发心脏病，情况非常危险。那一天，老苏在洗手间里突然心脏病发作，倒地不起。所幸，一位好心的年轻男人恰好听到了他的呼救声，及时冲进洗手间将他救起，这才避免了一场可能的悲剧。母亲认为，家庭的紧急状况需要紧密的家族支持和彼此的照顾，如果茉莉能回国，一方面可以直接接受家人的照顾，另一方面也能给老苏带来精神上的安慰和支持。

在很多文化中，家庭成员之间的紧密联系和相互支持是解决危机的重要方式。因此，虽然美国的医疗设施可能在技术上更先进，但家族的共识倾向于认为回国治疗能更好地促进茉莉的身心恢复。茉莉的家人开始具体规划和讨论如何安排她回国的细节，考虑到她的健康状况和旅行的安全性。让整个家族重新聚焦于彼此的联系和支持，共同面对生活中的挑战。

记者问：精神病患者住院期间，允许亲人和朋友探望吗？

茉莉的住院生活已经过去了 11 天，这段时间对她来说既是一种身体上的休养，也是心理上的挣扎。尽管环境安静，治疗有序，但内心的不安和担忧仍旧难以平息。

俞鲈来到病房时，看到茉莉正合十祈祷。茉莉询问外界的新闻，显示了她对日常生活的思念和对外界的关心。当得知亨利即将回国，并将处理一些积压的家庭账务时，茉莉感到了一丝安心，知道家里的事情将有条不紊地得到解决。

次日，俞鲈再次去医院，发现茉莉在医院走廊中散步。茉莉询问家中的草是否长高等简单的日常问题。对于正在医院中的她来说，家里的任何细节都显得格外重要。

尽管茉莉的面容比入院时更显苍白，她依然按时进食和用药，但她的沉默表明了内心深处的不安。住院虽然让她有机会休息和疗养，但她明白，仅仅是身体上的休养并不能解决问题。茉莉的心情反映了一种深刻的无奈和困惑：休息虽然必要，但未触及她生活的症结。

在这个关键时刻，茉莉的康复之路显得尤为漫长和复杂。她的状况不仅需要医学上的治疗，更需要心理和情感上的支持。这让她的家人，尤其是即将回国的亨利，感到了更重的责任。

亨利连续两天去医院看望茉莉

在茉莉的公司，亨利与管理层进行了深入的对话，确保他们充分理解茉莉的状况，并争取到公司的全力支持。他解释了茉莉的医疗需求和可能的休假时间，强调了保持她工作和福利的重要性。经理同意为茉莉提供必要的支持和灵活的工作安排。这些事，也只有亨利能帮助她做。周末，亨利连续两天去医院看茉莉，并告诉她茉莉的公司保留其工作、保留工资、保留医疗保险。

无奈之举

万般无奈是在走之前把房子放在了市场上。在这所房子居住的 10 年，是孩子小学 5 年级以后的初中和高中，又从这里上了大学的 10 年。这房子里保留着那么多美好的回忆，更存留着那些最易唤起情感记忆的东西。茉莉以后都不知道去哪里，她收拾着，看着正正和全家的照片，正正无数的奖状和奖杯使她陷入崩溃的状态。难过得一度收拾不下去。房产经纪人同情地帮着她继续收拾。茉莉又跟着房产经纪人去看了几处位置普通、面积小的房子，但都不理想。想起了那句老话，从俭入奢易，从奢入俭难。

晚上，茉莉直接打电话给母亲，声音很虚弱，说她明天回（中国）家，否则医院不让她出院。她也不愿意回中国，但不得已。

再次坐上回国班机

亨利则是竭力劝茉莉回国疗养一段时间。他一点也不觉得中国有什么不好。相反地，他很享受中国 24 小时营业的餐厅、商店和便利服务。茉莉觉得中国的医院人多又乱，亨利却不这样认为。“像你这样说，14 亿中国人都不活了？”亨利反驳茉莉说。

亨利委托俞鲈陪同茉莉回北京，并给了俞鲈机票钱。俞鲈护送茉莉回北京。

思绪回到了眼前。

命运使 3 个月后茉莉又坐上了回中国的飞机……

第二十一章 ◎ 第二次回中国治疗抑郁症

北京首都国际机场。行李车轮滚动的声音不绝于耳，成群的人在登机口前急匆匆地赶路。北京机场，设备先进，人们的匆忙与喧闹，总是给初来乍到的旅客留下深刻的印象。

对于茉莉来说，20多年的安静生活使她已经不习惯这种喧嚣的环境了。她的心跳在人群中加速，头昏目眩地感受着周围的喧嚣。但她在心里对自己说，也许这次回国是一个机会，一个和久别的父母团聚、减轻生活压力的机会。她希望通过改变环境、改变视角，可以有机会重新审视自己40多年的生活旅程。

追根溯源

到北京后，俞鲈打车送茉莉回到小区。到了小区门口，茉莉也未请他进来。茉莉自己拎着箱子敲开房门。母亲听到敲门声，没有想到是茉莉站在门外。没有准备的母亲非常惊喜。母亲看她进屋后神情疲倦，就端来了火龙果和葡萄。茉莉吃了一些。长时间坐飞机没吃好，也休息不好，茉莉身体很疲劳，吃下去的水果缓解了舟车劳顿。

母亲完全不在乎茉莉是不是事业出了问题，只要她平安就好。母亲很快又准备了些饭菜。飞机上的疲劳和这些天在医院里丝毫没有解决问题的无生机的日子让茉莉疲倦乏力，吃饭就变成了本能反应。但母亲意识不到这些，看着狼吞虎咽的茉莉很是欣慰。母亲觉得如果女儿还能吃喝，那病情也许没那么严重。慢慢来，一切会好起来，一切都会过去。

茉莉吃完饭后洗澡，然后吃半片药就休息了。直到第二天中午才起来和母亲聊天，依旧很疲惫的样子。她还是担心以后在美国没了工作，失业后的一系列问题。茉莉接到史迪文的电话时，心情一如既往地低落。电话那头的史迪文仿佛对所有问题都能找到解答。"我听出来了，你抑郁了。"史迪文没有过多寒暄，直截了当地切入正题。茉莉愣了一下，心里升起一丝不悦。她并不觉得自己有多严重，更多的是一阵无力感和情绪的低落，她并不想过多谈论这类沉重的事情。"我给你个建议，"史迪文继续说道，"去巴黎埃菲尔铁塔下租个酒店，住三天就好了。"茉莉低头笑了笑，那声音透出些许讽刺。住三天？只是为了逃避？她皱了皱眉，心中觉得这真是无稽之谈。她不相信单纯地远离一切就能治愈心中的裂痕，况且，巴黎虽然浪漫，但又有什么用呢？那些困扰她的感受并非可以通过几天的逃避就轻松解决。"你知道的，史迪文，"茉莉终于开口，语气有些冷淡，"巴黎能带给我什么？一时的忘却，但并不是真正的解决。"茉莉叹了口气，放下了手中的电话。她知道，史迪文的建议，或许只是他的一片善意。可她心里的那份疲惫，恐怕并不是简单的旅行所能治愈的。

茉莉的母亲也想安排女儿去旅行，换换环境，以为这样能给她带来新的活力。她请兰姐帮忙，兰姐是一个旧时的家庭朋友，以往总能让茉莉露出笑容的人。然而，茉莉对母亲的提议只是冷冷地回应，她的声音透露着明显的不耐烦。母亲默默地忍受着，尽管她的心里充满了疑惑。她不明白为什么女儿如此执着于在美国的工作。在她看来，家庭的温暖和安全才是最重要的，毕竟家里的经济条件足以让茉莉不需要为生计奔波。

茉莉选择了与世隔绝，她关上了自己的门窗，拒绝与任何人接触。她的世界缩小到了那间卧室，整天只躺在床上。即使提及兰姐，她也是坚决拒绝，不愿提起过去的任何联系。她的态度让母亲感到无力。

她吃药后能安静下来，人瘦了很多，眼睛很大，依然很好看。而且特别能吃，尤其是吃水果。母亲一天买 10 斤桃子她都能吃光，母亲把这理解为用吃食物来填补内心的空白。

约见中国精神病主任医师

事实上，茉莉前面去了几家北京医院的精神科，都是人满为患。走廊里、过道上、医生办公室门前，能看到的地方都挤满了人。有的人还是从千里之外坐火车到北京看病。医生的态度很冷淡，多是见怪不怪。有一名东城医院的李医生（女）看诊根本进不去门，被患者堵在门口，还是母亲“急中生智”，不知怎么挤了进去，又不知用了什么方法，她迅速地把茉莉拉了进去，又把门迅速地关上。李医生严肃又简短地询问了茉莉的情况，并给茉莉开了治疗抑郁症的中药。母亲非常高兴，她一直非常相信中药，经常说她和老苏如果不吃中药都死了几个来回了。

第二十二章 ◎ 领养一只狗或者猫

记者：你有没有考虑过领养一只狗或者猫？听说领养宠物对抑郁症患者很有帮助。

在抑郁症初露端倪的日子里，茉莉试图通过领养一只狗来寻找一些慰藉。她特别喜欢泰迪犬，这种喜爱源于一次在大学同学家的偶然相遇。那只泰迪犬不仅忠诚，而且聪明异常，能把它的所有玩具都整齐地摆放在茉莉的脚边，仿佛在展示它的友好。尽管同学对狗并不是特别感兴趣，但茉莉却觉得自己与这只小狗格外投缘。

后来，茉莉也去了几家宠物店，希望能找到那种像同学家的泰迪犬那样能引起她情感共鸣的狗狗。尽管这些尝试并没有让她找到心仪的狗，但在一个动物救助中心的经历却给她留下了深刻的印象。在那里，她注意到一个年轻的女孩坐在地上，耐心地与一只看似曾受虐待的狗狗交谈。那女孩的温柔和狗狗的无助眼神让茉莉心生同情，也反映了她自己内心的脆弱。

此外，茉莉还帮忙照看过朋友梅的狗。梅的丈夫，一个孤寡的男人，经常给茉莉送来水果和外卖食物，显然对她很有好感。他还养了一只胖胖的兔子，对兔子的关心明显少于对狗的爱护。茉莉在遛狗时偶然发现了那只兔子，梅的丈夫说起兔子时的轻描淡写，让她感到既滑稽又诧异。这种对待宠物的态度，与那女孩在动物救助中心对待受虐狗狗的态度形成鲜明对比。最终，那只“不重要”的兔子也被送人了，这个消息让茉莉感到有些悲哀。在这一系列的经历中，茉莉逐渐意识到，无论是人还是动物，每个生命都渴望被理解和关爱。

茉莉对德国狼狗始终抱有一种天然的戒心和偏见，总觉得它们庞大而可怕，随时可能扑倒一个无辜的过路人。这种恐惧感在她的心里根深蒂固，直到她遇到了一个养德国狼狗的朋友。这位朋友耐心地向她解释，德国狼狗的扑倒其实是一种玩耍的方式，是它们表达友好的一种方式。他教给茉莉一种方法：当狼狗冲向你时，只需在距离它一定距离处举起手掌，坚定地说“不”，狼狗就会停下。茉莉试着按照这种方法做了，狼狗真的停了下来，甚至以后都不再打扰她。

这只德国狼狗不仅服从主人的命令，还表现出一种难以置信的训练素养。在林间散步时，它会时不时停下脚步，回头等待主人和茉莉赶上来。看到骑自行车的人接近，它会敏感地蹲下身体，仿佛在为保护主人做准备。在沙滩上的小船上，当主人和朋友们闲聊时，它静静地坐着，一只爪子搭在另一只爪子上，目光时而注视湖面，时而转向人群，那张开的大嘴仿佛在微笑，虽然与人的笑容不同。

这只狼狗显然能够敏锐地感知到来者对它的善意或恶意，这种直觉让茉莉对它刮目相看。它的存在完全颠覆了茉莉对德国狼狗的原有看法，证明了动物的行为在很大程度上是由它们的环境和主人的态度所塑造。与之形成鲜明对比的是另一位邻居家的小狗，那只从网上购买的小狗似乎一直在为生存而挣扎。在太太患病期间，它日夜陪伴她；太太去世后，它成了主人的负担。最终，当狗狗生病时，邻居选择了让它安乐死。

茉莉在那天下雨帮助邻居遛狗后发现戒指丢了。她是个很不愿意丢东西的人。与东西本身的价值无关，就是不喜欢那种失去的感觉。第二天，天空依旧阴沉，雨滴连绵不断。茉莉昨夜也没睡好，她抱着试试看的心情出门寻找那枚遗失的戒指。她住的小区面积很大，有茂密的树林、蜿蜒的小溪和横跨溪水的小桥。在这样的雨天里，找到一枚小小的戒指几乎是天方夜谭。

茉莉尽量顺着前一天遛狗的路径找了两大圈，眼睛一刻也不敢离开地面，仔细搜索着每一个角落，但显然这一切都毫无结果。她失落地往家的方向走去。就在她漫无目的地抬头时，突然看见远处的马路中间有一个亮亮的东西。茉莉不敢相信自己的眼睛，她停住了脚步，屏住呼吸，慢慢走近。是的，正是她的戒指！那枚戒指在雨水的冲刷下依旧闪闪发光，仿佛在等待着她的归来。茉莉小心翼翼地拾起戒指，擦去上面的水渍，重新戴在了手指上。她感受到了一种深深的喜悦，这种喜悦混合着失而复得的激动和难以置信的幸运。“一位香港的朋友曾经告诉我，戒指是用来为你挡灾的。”茉莉对记者说，她的声音轻柔。“你有体会过那种失而复得的感觉吗？”她问记者。

茉莉不仅体会过失而复得的喜悦，更深深地体会过得而复失的伤痛。每当夜深人静，她独自一人躺在床上时，那些失去的记忆便会如潮水般涌来，让她无法平静。那种痛苦，依然在心底深处隐隐作痛。

眼前那只名叫朱糯（Juno）的狗狗正在舔茉莉的脚。这是一只黑白相间的小狮子狗，毛茸茸的耳朵和湿润的鼻子显得特别可爱。它的主人是茉莉的一位印度邻居，一个和善且乐于助人的人。他总是面带微笑，热情地和小区里的每个人打招呼。最近，朱糯的食欲突然下降，邻居对此显得非常担忧。“不知道为什么，朱糯最近不爱吃东西，”他皱着眉头说，“它已经整整一天没吃饭了。”他尝试了各种方法，甚至在朱糯面前摆了六只碗，分别装着不同的食物，希望能引起它的食欲。但无论是哪种食物，朱糯都只是闻了闻便转头离开，这让邻居更加焦虑。有趣的是，这位邻居原本是坚决不养狗的。他一直认为养宠物是一件麻烦事，直到有一天，他的太太把朱糯带回了家。在见到这只小狗的 30 秒内，这位邻居的态度便发生了 180 度的大转变。朱糯用它那双圆滚滚的眼睛注视着他，让他的心瞬间融化。从那天起，朱糯便成了家庭的一员。小区里的居民经常看到他早晚带着朱糯散步。很多时候，他会把朱糯抱在怀里，轻声哼着曲子，像哄孩子一样逗它玩。朱糯对他也特别依赖，时常用头蹭他的腿，表现出满满的信任和依恋。

第二十三章 ◎

茉莉在中国不是很适应

五天前，茉莉从美国回到中国，踏入了久别的家门。重返故土，她的心情复杂而矛盾。美国的大房子，如今前途未卜，似乎成了沉重的包袱。在夜深人静的时候，她思考亨利给她的建议——出售这座大房子，以后可以买小房子，也可以租房居住，这样既可以减轻负担，又能增加居住的灵活性。亨利的想法听起来合情合理，也符合茉莉目前对未来的期待：更自由、更没有负担的生活方式。然而，每当她走过这些年熟悉的每一个角落，心中就涌起一股难以割舍的情感。即便她已经拥有足够的财富，可以不依赖这座房子的价值生活，但这层情感的纽带仍然让她犹豫不决。每次走进那些熟悉的房间，看到那些亲手挑选的生活物品和挂在墙上的家庭照片，茉莉都感到一种安心与温暖。

茉莉知道，任何决定都不会轻松。她在心中斗争，既想摆脱物质的束缚，又无法放下那些与之紧密相连的记忆。她开始意识到，这个家将永远是她情感的栖息地。与其急于做出决定，不如先让自己慢慢适应回国后的生活，再决定如何处理这座充满回忆的大房子。

茉莉的母亲见到俞鲈

这天上午，茉莉的母亲来到地铁口的麦当劳餐厅，去约见了陪茉莉回国的俞鲈。茉莉的母亲想这是礼貌，他一直帮着传达茉莉生病期间的信息。应该见见，不能忘恩负义，不懂人情。

早晨的阳光透过玻璃窗洒在桌面上。茉莉的母亲坐在靠窗的位置，等待着俞鲈的到来。俞鲈准时出现在餐厅门口，穿着一件普通的灰色夹克，外表比茉莉的母亲想象中显得沧桑。俞鲈一进来，茉莉的母亲一眼就认出他了。他不像茉莉母亲想象和印象中那样年轻，年轻时应该长得不错，但现在看上去有些苍老。尤其脸上还长了一个粗粗的显眼的大黑痣。

茉莉的母亲站起身，微笑着迎接他："俞先生，真高兴你能来。"俞鲈点头微笑道："谢谢您的邀请，茉莉的母亲。"他们坐下后，俞鲈从包里拿出几瓶营养品放在桌上说："这是从美国带回来的，希望您会喜欢。"茉莉的母亲感谢地说："太客气了，俞先生。这是我为您准备的一些茶叶。"俞鲈礼貌地摆手拒绝道："您的心意我领了，但我实在不能接受，这次帮助茉莉是我应该做的。"茉莉的母亲不再坚持，随即招手让服务员来点餐。她点了两个套餐和两杯咖啡。

餐后，俞鲈谈到自己的生活："我后天就要回美国了。那边虽然没有固定的职业，但还过得去。这次能帮到茉莉，我也感到很欣慰。"茉莉的母亲认真地听着，发自内心地说："俞先生，您对茉莉的帮助对我们来说真的很重要。”俞鲈说：“在生活中，我们都会遇到困难，应该互相帮助。”

他们聊了一个小时。俞鲈很赞赏茉莉一家，说他们不是一般人，有着非凡的品质。不管怎么说，茉莉的母亲认为在茉莉困难的时候，他帮了她。茉莉的母亲是感谢他的，这不是用钱能衡量的。

记者：你回到中国，看到亲人和朋友们，对这种病的治疗有帮助吗？

茉莉又决定不去苏州了，怕给兰姐添麻烦。这么多年没见面了，她当下又是病人。茉莉对兰姐的记忆依旧深刻，却也怕自己的病情给兰姐带来不便。父母尊重茉莉的意见。兰姐 50 多岁了，一直一个人生活，没找男人为伴。

早晨，茉莉和母亲在院子里散步后，她们一起到食堂享用早餐。茉莉的餐盘上是健康简单的食物：三个胡萝卜小饼、一碗紫米粥和一碗小馄饨。餐后，母女俩又去市场选购了新鲜的水果，包括桃子、葡萄和杧果。这些小小的日常活动在某种程度上给茉莉的生活带来了规律。

茉莉还是为能不能继续现在的工作而迷茫。她不甘心放下在美国的生活习惯，不甘心也不习惯回到北京过这里的生活。如果身体没有出现问题，她是不会回来的。她着急地想改变自己的现状。虽然她坚持吃药希望快点好起来，但她自己心里最清楚她的病与药没有关系。药除了能帮助她睡觉，其他什么都做不了。

可是茉莉的母亲却认为自己最能理解女儿。病来如山倒，病去如抽丝。茉莉的母亲劝茉莉多少次，不要太悲观，无论谁的人生都会遇到坎坷，坚持一下，就可能朝好的方向改变。茉莉的母亲劝导茉莉，尽管生活充满坎坷，但应该保持乐观的心态，坚持与希望可以带来转机。然而，她也感受到茉莉的心思并不在此，茉莉的内心充满了对未来的不确定。茉莉的母亲觉得茉莉这次回国她也要做长远打算，因为她不知道茉莉什么时候能恢复。老苏心脏病犯过几次了，茉莉的母亲心脏也不好。茉莉的母亲担心一旦支撑不下来，那就没人管茉莉了。但茉莉的母亲觉得茉莉没心思关心别人，满脑子都是她自己的担心、恐惧之类的事。

茉莉从新闻上看到法国影星第一美男阿兰·德龙也赞同到瑞士去安乐死，还得到了子女的同意。他说他什么都有，唯独没有快乐，他非常孤独。她开始更加深刻地理解到，真正的幸福不在于物质的拥有，而在于心灵的满足与平和。

回到家后，茉莉的日常继续——洗澡、吃药、沉思。药物虽然帮她维持睡眠，但对于她内心深处的迷茫却无能为力。她在美国的忙碌生活和如今在北京的无聊状态形成了对比，她对北京的生活感到不习惯。

那段住在中国父母家里的日子，茉莉会看父亲老苏看的报纸，而且会很关注那些安乐死的信息。这天，茉莉翻开父亲老苏的报纸，一则标题为《全球围观他的自杀　104 岁的科学家：我真的活腻了》的新闻吸引了她的注意。第一句话是："今天，全世界所有的主流媒体的头条，都被一位名叫大卫·古德尔（David Goodall）的澳大利亚老爷爷给承包了。这位老爷爷是谁呢？他做了什么事能让如此多的人关注他呢？从一个多星期前，澳大利亚珀斯国际机场的动人一幕开始说起……"

那天是 5 月 2 日，澳大利亚珀斯国际机场里人头攒动，大家都在忙着办理登机手续。就在这个时候，一大群人从机场入口进来了。排在他们最前面的，是一位坐在轮椅上的老人，而后面的人，看得出来都是老人的家人，一共来了 30 多个，有老有少。到了登机口后，他们每个人都和老人拥抱告别。此情此景，机场的人都误以为是日常旅行告别。于是，有人好奇地问道："老爷爷，您这是要去哪啊，怎么这么多人送您哪！"然而，老爷爷却微笑着回答："去天堂。"

9 日，临终新闻发布会，他接受了媒体专访时平静地表示："每个过了中年的人，毋庸置疑，都应该有权利遵循个人选择，以及选择个人认可的时间点来结束自己的生命。不过在澳大利亚，我们还有相当长的一段路要走。"然后，这位植物学家选择在当地的植物园度过了人生中的最后一天。10 日晚 9 点，举世闻名的科学家古德尔在瑞士正式接受了安乐死。在临终前，他吃了自己生前最爱的炸鱼薯条（Fish &

chips），听着贝多芬的《欢乐颂》。

新闻中写道：“在家工作后，老人一开始还觉得比较轻松，不用长途跋涉。但很快他就意识到，他再也见不到同事和朋友，也失去了与人精神交流的机会。活动量一下子减少的古德尔，身体情况开始急转直下。几个月前，他不小心在家里摔倒，无法自己站起来的他，不得不在地板上躺了两天，直到被清洁工发现后才将他送往医院。医生得知他还在工作，马上眉头一皱，联系了他的家人，告知一定不要让古德尔再独自出门，最好有人 24 小时看护或者直接搬进养老院。从那以后，古德尔没办法再工作了，每天的生活就像被人牵着线的木偶一样：起床、吃早饭、等吃午饭、吃午饭、等吃晚饭、吃晚饭、睡觉。这样一成不变的生活，让古德尔觉得自己得不到尊重，活得很没意义。”

他的朋友说：“大卫是一个独立的人，他不希望身边一直有人照顾他，他希望自己还是和正常人一样，开心又有智慧地交谈，别人能做的事情，他也都想做，而不是慢慢等死……在获得家人和朋友的支持后，老人抓住了最后一根稻草——前往瑞士进行安乐死。”

茉莉读着读着，不禁停下思绪，望向窗外。阳光透过树叶洒下斑驳的光影，鸟鸣声清脆悠远。她想着，如果一个人知道明天就是生命的终点，今天会选择做什么呢？是匆忙整理未竟的心愿，还是静静感受那些平日里被忽略的美好？

死亡，从古至今，都是一个既深沉又复杂的话题。它像一扇沉重的大门，隐藏着无数的未知与恐惧。人们总是回避提及它，仿佛这样就能与它保持距离。然而，死亡并不因我们的逃避而消失。面对生命的尽头，每个人都必须直面这个终极问题：如何让最后的日子依然充满意义？

茉莉想起一个故事：一位老人得知自己时日无多后，并没有选择怨天尤人或挣扎抵抗，而是用心完成了最后一幅画。画中是一片静谧的湖泊，波光粼粼，远处群山环绕。有人问他：“您为什么在这个时候仍然选择作画？”老人微笑着回答：“因为我希望离开的时候，世界在我眼中还是美的。”

是的，死亡或许不可避免，但活着的方式，却是可以选择的。大多数人都懂得要有尊严地活着，努力追求梦想，维护自我价值。然而，很少有人认真思考过如何有尊严面对死亡。

近年来频繁引发争议的话题“安乐死”被一些人视为对生命的轻视，也被另一些人视为对生命的终极尊重。这背后的争论似乎并没有一个绝对的答案。人们在生命的最后时刻所需要的，究竟是尽可能延长的时间，还是一种无痛、平和的告别方式？

茉莉深吸了一口气，思绪渐渐清晰。或许，更值得我们关注的不是如何离开，而是如何活着。在仍有选择权的时候，是否已经参透了生命的意义？是否真正活出了属于自己的价值？无论生或死，尊严都是人生中最宝贵的财富。它不仅是一种外在的形式，更是一种内在的力量，一种对自我和他人的深刻尊重。

茉莉的母亲一直在观察茉莉，看书和看报时很专注，一丝不苟的样子，不像个病患。可是听她总是提起安乐死，就不解地问，这个病很痛苦吗？只有痛苦的人才会想到死。母亲甚至多次说，活着多好啊。

茉莉虽在生病期间，但她很清楚母亲的这些想法。她其实不觉得母亲需要烧饭，家里不仅有保姆，而且表哥一家也不远。而且楼下就是餐厅，一日三餐都非常方便。对母亲一天到晚说自己的辛苦，她没有说什么。但心里总觉得母亲表彰她自己实在没必要，这难道不是亲人之间很正常的帮助吗？换了她，她从来不会把对正正的照料挂在嘴边。18 年来，她虽然做得不完美，正正小时候她经常发脾气，但对孩子的任何辛苦她都无怨无悔，也从不提及。

茉莉的母亲经常说自己“小心翼翼”地照顾生病的女儿，怕影响女儿睡觉，甚至都不敢穿鞋走在地板上，以及把药一一摆放在茉莉的餐食旁。其实这些都不是很有必要。茉莉心想。这不是她所需要的。但母亲偏偏喜欢这样，一边埋怨辛苦没人体贴和理解，一边又继续做着茉莉不需要的事。茉莉没有对母亲说什么。她需要自己想办法、找出路。她很想早早离开这里。

母亲的行为，一面是对病患女儿无微不至的关怀，一面则是对自己努力的强调和期待他人的认同与感激。这样的互动在茉莉看来，既是爱的体现，也是一种负担。茉莉并没有直接表达自己的不满，而是默默地承受着这一切。她知道父母无法真正理解她内心的困扰，更无法帮助她解决问题。这使她感到孤立无援，渴望找到一条自己的出路，远离这一切过度的关照。在这一过程中，她不仅是在与疾病作斗争，更是在寻找自己与家庭之间独立与依赖的平衡。这一切都让她更加渴望早日恢复健康，以便有能力自己决定未来的道路。

茉莉的父母年事已高，家中的事务需要保姆来打理。然而，找到一个既可靠又能让母亲满意的保姆似乎并不容易。现在的保姆是一位来自山东的女士，她的到来原本带来了一丝希望。然而，尽管她勤勉而且诚实，母亲似乎总觉得她做事不够到位，总有各种小地方让母亲感觉不满意。母亲对保姆的标准严格，所以频繁更换。现在这位保姆也许又会像前几位一样，不久后离开。

在一次与兰姐的通话中，茉莉的母亲说："你看，现在这位保姆也不知道能留多久，我真是感觉没有人能照顾好我们。"兰姐沉思了一会儿，然后回应："姐姐，你别担心了。等我安排一下，我就过来帮你照顾茉莉和苏叔。"

第二十四章 ◎ 兰姐

兰姐从苏州来到北京，虽然茉莉无意会面，但母亲坚持要她们见面，希望能够为茉莉带来一些心理上的安慰和支持。当兰姐走进汤泉的房间时，茉莉知道自己不能表现出任何冷淡的态度。她迎上前去，以热情的拥抱迎接了兰姐，那是对迢迢而来的老友的尊重和欢迎。

坐在小沙发上，两人开始了交谈。谈话很快就从尴尬的问候转变为两个老朋友之间温馨的回忆。兰姐开始讲述过去的故事，那些关于她作为空姐时的趣事，包括她每次从国外飞回来，都会给小茉莉带一些飞机上的小礼物。这些细节让茉莉的脸上露出了久违的微笑。她们回忆起两家人过去的密切往来，那时候的日子充满了无忧无虑的欢笑。

兰姐的哥哥，一个浓眉大眼的英俊男人，茉莉小时候对他有过一点小小的好感，但因为她很小就离开了故土，那份情感也就没有进一步发展。兰姐的哥哥每次都要护送茉莉去各个地方，哪怕上楼下楼。他非常喜欢抱着茉莉上楼下楼。茉莉的母亲在茉莉很小的时候就告诫茉莉，世界上只有一个女孩的父亲对这个女孩有纯粹的情感。

谈话中，兰姐的热情和关怀逐渐渗透到茉莉的心里，使她的情绪得到了一定的缓解。这段时间的交流让她感觉到，尽管远离了许久，她并不是孤立无援的。这次重逢，虽然起初并不在茉莉的期待之中，却意外地为她带来了一丝温暖，提醒她，无论人生路上遭遇多少挫折，家人和老朋友的支持总是值得珍惜的。

茉莉问兰姐的哥哥——这个曾经在她童年记忆中留下深刻印象的人如今过得如何。兰姐说，他现在已经成家立业，稳定下来，生活得还不错。对于自己的情况，兰姐则笑着透露说她已经退休了，在家过着相对宁静的生活。每天的时间自己做主，可以读书、听音乐，偶尔与朋友聚聚，生活虽简单却充实。她的平静与满足让茉莉感受到了不同生活方式的美好。

时间的流逝在她们的生命中变得尤为明显。茉莉，现在已是一位 40 多岁的成熟女人，而兰姐也步入了知天命的年纪，母亲更是已经 70 多岁高龄。生命的不同阶段带给她们不同的思考、经历和体验。

中午时分，她们在家里一起吃了午饭。饭桌上，兰姐感叹茉莉的变化，她说茉莉说话的方式变得更加温和淑女，仿佛完全是另一个人了。午饭后不久，兰姐准备离开。茉莉陪着兰姐走到门口。两个多小时的交流让她们重新连接了曾经的亲密与温情，但也意识到因为生活的距离与忙碌，未来她们能再次见面的机会可能会很少。兰姐的身影逐渐消失在楼道的转角，茉莉站在门口，心中泛起一阵淡淡的怀旧之情。

第二十五章 ◎ 着急上火

茉莉的母亲接到电话时，正坐在阳台的摇椅上，望着窗外渐暗的天色发呆。电话铃声打断了她的思绪。听到是茉莉的大学同学菲菲，她愣了一下，语气立刻柔和了许多。菲菲问起茉莉，说好久没联系上她了，有点担心。母亲轻咳了一声，似乎在斟酌着措辞，最终只是淡淡地说："她在北京，在家休息，身体有点不舒服。""是什么病呢？严重吗？"菲菲的语气里透着关切。母亲顿了顿，眉心微微一拧，最后选择了一个模糊的说法："没什么大事，身体不太舒服，养养就好了。"她没有提茉莉的抑郁症。

几天后，一个厚厚的快递包裹出现在门口。茉莉的母亲接过快递时，脸上浮现出一丝感激，但当书交到茉莉手上时，她只是漫不经心地翻了翻，内容全是关于女性如何平稳度过更年期的建议，还有一堆生活小窍门和心理疏导。她嗤笑一声，把书随手搁在茶几上，对母亲说了一句："对我没用。"尽管菲菲的关心出于好意，但这本书与茉莉真正的困境无太大关联。那本书就这样静静地躺在那里，封皮在日光下微微反光，好像在等待有人翻开它的内页。而茉莉却始终没有再打开过。

茉莉的状况并未因时间的推移而有所改善。居家休养的日子，本应带来安宁与康复，她却因内心的不安和焦虑而变得更加焦躁。这种焦虑不仅加重了她的抑郁症，还引发了身体上的疾病，如左眼皮上长出的麦粒肿。在社区医院接受的治疗效果并不理想，实习大夫的技术不成熟，这让她感到更加沮丧。之后的几天里，茉莉四处奔波，试图在北京的知名医院——同仁医院挂号，却因为人满为患而挂不上号。她的不悦和疲惫积累到了极点，最终她在首都的另一家医院就诊，医生建议她做手术切除麦粒肿。母亲对此也显得手足无措，不断地换医院和治疗方法。

一天早上，她在网上搜索了治疗抑郁症的医院，希望找到一个合适的治疗地点。经过几站地铁的跋涉，她来到了一个网上推荐的医院，却意外发现医院异常冷清，这与她所知的其他医院人满为患的景象形成了鲜明对比。这让她更加怀疑这家医院的医疗水平，坚定了她不在此就医的决定。

有病又乱投医

随着夏日的离去，8 月的阳光在北京的街头洒下炽热而明亮的光芒。茉莉的母亲带着对女儿未来的担忧和希望，来到了北京大学第一医院，寻求专家的意见。医院的气氛忙碌而严肃，各种病痛在这里寻找解脱的可能。

母亲咨询的是郝大夫，一位在心理医学领域颇有声望的专家。郝大夫的办公室内，书架上摆满了关于心理学和神经科学的专业书籍，墙上挂着他在国内外心理学研讨会上的合影。大夫的表情严肃而专注，他的话语中流露出深厚的专业素养和对患者的深切同情。

在详细听取了茉莉的情况后，郝大夫向茉莉的母亲解释了抑郁症的普遍性和复杂性。“抑郁症在当今社会已是非常普遍的疾病，”他说，“它触及所有行业，包括医生、演员等。这并不罕见，是我们这个时代的反映。特别是对于像您女儿这样的中年人，面对职业、家庭压力以及生活中的种种变化，更容易感到不安。”郝大夫还指出，女性由于生理和社会角色的双重压力，更容易受到心理健康问题的影响。他安慰母亲说，“抑郁症并非无法治愈，恰当的药物治疗配合适度的生活调整，可以大大改善症状。重要的是，患者需要保持规律的生活，每天都有事情去做，这对心理恢复极为关键。”

在提及治疗选择时，郝大夫特别推荐了北京第九医院的神经专科，他甚至提到了自己的婆婆就是在那里得到了有效的治疗。“北京九院的专业水平非常高，但确实挂号不易。我建议您不要随意投医，选择正确的专科医院至关重要。”

受到郝大夫的建议和鼓励，茉莉的母亲心中的担忧稍微减轻了一些。她决定亲自前往北京九院了解情况。在灰蒙蒙的早晨，茉莉的母亲早早地离开家，乘坐地铁，再换乘公交车，经过一番周折，终于到达了北京第九医院。这家专门治疗精神疾病的医院在北京很有名，因此每天前来挂号的患者络绎不绝。母亲到达时，挂号大厅已是人山人海，可以用“里三层外三层”来形容，这显示了治疗需求的巨大和医院资源的紧张。

在医院里，挂号成了一场与时间的赛跑。茉莉的母亲得到的是一张排位靠后的号码单，这对急于为女儿求医的她来说是个不小的打击。然而，茉莉的母亲并没有放弃，她寻找机会向前挤。在她眼前，一位八旬老人正努力推着轮椅艰难前行。茉莉的母亲主动上前帮忙推车，这一行为使她能够接近挂号窗口。

尽管茉莉对母亲的这一策略感到有些不妥，但她也能理解母亲为她治病的迫切心情和良苦用心。母亲的努力没有白费，她最终成功挂上了肖冬冬副主任医师的号。肖医生在业界口碑良好，挂他的号需要不小的运气和耐心。母亲知道这是给茉莉带来希望的重要一步，她感到非常庆幸。一切准备就绪后，母亲立刻赶回汤泉，当天下午就带茉莉来看病。对于这次就医，茉莉虽然心存怀疑，认为可能不会有太大帮助，但她还是出于对母亲的尊重和理解，决定配合治疗。

茉莉和母亲下午 1 点钟就来到了医院，看到二楼那么多的患者都静静地坐在那里，等着被叫号。在繁忙的北京第九医院的二楼，茉莉和她的母亲与众多等待的患者一样，静静地坐着，耐心地等待叫号。午后的阳光透过窗户，洒在走廊上。过了一段时间，就听到了茉莉的号。

当茉莉的号码被叫到时，母女俩紧张地走向了肖医生的办公室。肖医生，一个经验丰富的精神科专家，先是耐心询问了茉莉的病情发展和可能的诱因。随后，他为茉莉开具了一张化验单，并进行了一系列心理测试，包括贝克抑郁自评量表（BDI-II），这是一种广泛运用于抑郁症筛查的心理测试量表，用于评估茉莉的心理状况。

心理测试题叫抑郁症测试。贝克抑郁自评量表，由美国著名心理治疗师阿伦·T. 贝克（Aaron T. Beck）等编制，后被广泛用于抑郁测试筛查。贝克抑郁自评量表是著名的抑郁自评量表之一。整个量表包括 21 组题目，每组有 4 句陈述，测试者可根据自己最近的感受情况选择最符合自己的选项，通过抑郁测试就可以快速了解自己是否存在抑郁以及抑郁程度如何。

这是一份 21 题的自评量表，一种试图量化情绪的方式。它以最朴素直接的语言，逼迫你一题一题地面对内心深处那些连你自己都未必承认的情绪。总分 63 分，每个问题给出 4 个选项，从“0”分的“我没事”，到“3”分的“我几乎崩溃”。14 ~ 19 分，属于轻度抑郁；20 ~ 28 分，是中度；29 分以上，就是严重抑郁，意味着你可能已经在黑暗边缘徘徊太久，久到光线几乎照不进来。

第一题

0. 我不感到忧愁

1. 我感到忧愁

2. 我整天都感到忧愁，以致不能忍受

3. 我非常忧伤或不愉快，以致不能忍受

第二题

0. 对于将来我不感到悲观

1. 我对未来感到悲观

2. 我感到没有什么可指望的

3. 我感到将来无望，事事都不能改变

第三题

0. 我不像一个失败者

1. 我觉得我比一般人失败的次数多些

2. 当我回首过去，我看到的是许多失败

3. 我感到我是一个彻底失败的人

第四题

0. 我对事物像往常一样满意

1. 我对事物不像往常一样满意

2. 我不再对任何事物感到真正的满意

3. 我对每件事都不满意或讨厌

第五题

0. 我没有特别感到内疚

1. 在相当一段时间内我感到内疚

2. 在部分时间里我感到内疚

3. 我时刻感到内疚

第六题

0. 我没有感到正在受惩罚

1. 我感到我可能受惩罚

2. 我预感会受惩罚

3. 我感到我正在受惩罚

第七题

0. 我感到我并不使人失望

1. 我对自己失望

2. 我讨厌自己

3. 我痛恨自己

第八题

0. 我感觉我并不比别人差

1. 我对自己的缺点和错误常自我反省

2. 我经常责备自己的过失

3. 每次发生糟糕的事我都责备自己

第九题

0. 我没有任何自杀的念头

1. 我有自杀的念头，但不会真去自杀

2. 我很想自杀

3. 如果我有机会，我就会自杀

第十题

0. 我并不比以往更爱哭

1. 我现在比以前爱哭

2. 现在我经常哭

3. 我以往能哭，但现在即使我想哭也哭不出来

第十一题

0. 我并不比以往容易被激怒

1. 我比以往更容易被激怒或更容易生气

2. 我现在经常容易发火

3. 以往能激怒我的那些事情现在则完全不能激怒我

第十二题

0. 我对他人的兴趣没有减少

1. 我对他人的兴趣比以往减少了

2. 我对他人失去了大部分兴趣

3. 我对他人现在毫无兴趣

第十三题

0. 我与以往一样能做决定

1. 我现在做决定没有以前果断

2. 我现在做决定比以前困难得多

3. 我现在完全不能做决定

第十四题

0. 我觉得自己看上去和以前差不多

1. 我担心我看上去老了或没有以前好看了

2. 我觉得我的外貌变得不好看了，而且是永久性的改变

3. 我认为我看上去很丑

第十五题

0. 我能像以往一样工作

1. 我要经过一番特别努力才能开始做事

2. 我做任何事都必须付出很大的努力，强迫自己去做

3. 我完全不能工作

第十六题

0. 我的睡眠像以往一样好

1. 我的睡眠没有以往那么好

2. 我比往常早醒 1~2 小时，再入睡有困难

3. 我比往常早醒几个小时，且不能再入睡

第十七题

0. 我现在并不比以往感到容易疲劳

1. 我现在比以往更容易疲劳

2. 我做任何事都容易疲劳

3. 我太疲劳了，以致不能做任何事情

第十八题

0. 我的食欲和以前一样好

1. 我现在食欲没有往常那样好

2. 我的食欲现在差多了

3. 我完全没有食欲了

第十九题

0. 我最近没有明显的体重减轻

1. 我体重下降超过 5 斤

2. 我体重下降超过 10 斤

3. 我体重下降超过 15 斤，我通过控制饮食来减轻体重

第二十题

0. 与以往相比，我并不过分担心身体健康

1. 我担心我身体的毛病，如疼痛、反胃及便秘

2. 我很担心身体的毛病妨碍我思考其他问题

3. 我非常担心身体疾病，以致不能思考其他事情

第二十一题

0. 我的性欲最近没有什么变化

1. 我的性欲比以往差些

2. 现在我的性欲比以往减退了许多

3. 我完全丧失了性欲

你可能会发现，这份量表的可怕之处，不在于问题本身，而在于它每一题都像在说："你不是一个人这样。"你不是唯一一个无故哭泣、失去兴趣、夜里惊醒，甚至想着逃离一切的人。

它不会告诉你答案，也不会提供任何安慰。它只是诚实地摆在你面前，让你看清楚：你到底走到了哪一步。

有人填完之后得分是 18 分，他们说："哦，还好，只是轻度。"有人得了 26 分，开始犹豫是不是该找人谈谈。也有人沉默地盯着那个"31"，不知道该不该把它告诉其他人。

这份测试本身并不是诊断，而是一面镜子。它不替你判断什么是对、什么是错。它只问：你，过得还好吗？

测试完了，茉莉又回到肖医生办公室。茉莉心里觉得真是瞎折腾。肖医生简单地和茉莉聊了几个问题，如婚姻、工作、年龄等。最后他说，女人患抑郁症的多是因为婚姻感情问题。茉莉在旁边对肖医生武断的总结很不以为然，就说了句："我的不是。""你很自负。"肖医生不悦又肯定地说。茉莉听了也没往心里去。

母亲认为肖大夫是有经验的心理医师，分析得有道理。肖医生开了药，母亲非常高兴地交钱取药。她认为茉莉看病后，脑子立刻清楚多了。她俩还到对面的庆丰小饭馆吃了包子，很轻松地回家了。实际上是母亲很轻松地回家了。她好像看到了女儿病愈的希望曙光。

第二十六章 ◎ 逆来顺受

焦虑是对未知的恐惧

焦虑是一种情绪，它是对未知的恐惧，而恐惧是深植于人类基因中的东西。在远古时代，恐惧和焦虑帮助我们在面对外界的危险，比如遭遇猛兽袭击时，能够快速地采取战斗或逃跑的反应，从而保证了人类的绵延生息。

在现代社会，人类生存的环境已经发生了巨大的改变，我们面对的不再是猛兽的袭击，而是日常生活中的种种刺激和压力。这些外界刺激不是致命的，但是当由此产生的焦虑情绪长时间不能舒缓，这种敏感性人群在焦虑情形下就有可能演变为焦虑症，从而严重地影响人的身心健康。

茉莉的美国工作公司表现出了对她健康状况的关注。他们请肖医生提供一份用英文写的医生资格证明，以及关于茉莉病情的详细介绍。肖医生配合地完成了这些材料，这不仅展示了他的专业性，也体现了茉莉所在公司的负责态度，显示出他们对员工福祉的重视。

在茉莉第一次见肖医生时，茉莉的母亲非常关心女儿是否需要住院治疗。肖医生经过评估后认为，茉莉属于较轻的抑郁症患者，不必住院，坚持规律服药即可。这给茉莉的母亲带来了很大的安慰，但同时她也担忧药物可能带来的副作用。当茉莉的母亲提出这一担忧时，肖医生解释说，只要按照规定的剂量服用，通常不会有太大副作用。然而，在治疗过程中，茉莉的脸部出现了红肿的情况，这让茉莉的母亲再次忧心忡忡。经过再次咨询，肖医生调整了药物剂量，建议将原来的药量减半，确保治疗的同时，尽可能减少不适。

茉莉的母亲来回跑医院。随着治疗的进行，茉莉的生活慢慢有了新的变化。她开始重新找回日常生活中的小乐趣。在家，她将大量时间投入观看电视剧中，这成了她消磨无聊时光的一种方式。虽然这些节目无聊，但她看得出奇投入。

在茉莉生日那天，她突然提出要做头发并要将它漂染成棕色。这对于一直以来处于低迷状态的茉莉来说，是一个明显的积极信号。做完头发后，母女俩开始每天晚上到高级水果店购买水果。茉莉和母亲走进了一家超市，茉莉的目光总被香气四溢的面包吸引。她喜欢中国的面包，也喜欢美国的面包。她们随后决定到附近的韩国餐厅用餐。在餐厅里，茉莉的母亲鼓励茉莉点菜。茉莉点了自己喜欢的韩国冷面，还有几道她爱吃的菜。她一边吃一边评论道："冷面是面少汤多。"

回到汤泉的时候，老苏见到她，觉得茉莉变了，说话和气，眼睛有神，像个正常的人了。总之，看病吃药以后脸色好看了些。

找工作

茉莉从温迪公司的办公大楼中走出来，回想着她那句话——“你回中国也是废了”。茉莉在美国的职业生涯看似到了尽头，她又感到迷茫了。

走在繁忙的街道上，茉莉的心情低落到了谷底。就在这时，一个算命的坐在街边摆摊，茉莉路过时被叫住了。那人的年纪大约60岁，头发花白，眼神里带着一种说不出的悲悯。“小姐，看看手相，了解下未来吧。”算命先生温和地说。茉莉停下脚步，虽然半信半疑，但在当前的困境中，她渴望抓住任何可能给她希望的救命稻草。

算命先生拿起茉莉的手，仔细地看了看，沉默了一会儿，然后说：“你最近的确遇到了很大的挑战，但记住，每个低谷都是通向新高度的起点。你应该很快就有转机。”这话听起来有些老生常谈，茉莉微微一笑，付了点钱。

回到家后，茉莉联系了她大学时代的恩师，希望能得到一些职业上的指导。恩师的声音总是那么让人安心：“茉莉，你现在想找什么样的工作呢？”茉莉叙述了自己的处境，包括在部里工作的同学告诉她的情况——所有的职位都变成了合同工，并且福利缩水严重。“我很难想象回到25年前的工作环境，感觉一切都变了。”恩师听后沉思了一会儿，然后认真地说：“变化总是难以避免的，茉莉，但你的能力和经验是你的资本。你需要一个可以展示这些资本的舞台，不一定非要局限在过去的环境里。”这番话让茉莉感到一些启发。她打开通讯录翻阅起来。突然，她的目光落在了钟梁的名字上。钟梁，曾经的同学，也许他能提供一些新的视角。茉莉准备向老同学求助，也许这一次，她能找到新的道路。

在那个转折的季节，从炎热的夏末到初秋的清凉，茉莉和她的母亲在汤泉的安逸环境中度过了一段时间。其间，他们考虑到需要满足中国对持外国护照者的出境规定——每 3 个月必须离境一次，便在当地商城内的旅行社里寻找合适的旅行计划。这些探索未必总能带来放松，因为茉莉的内心仍然在为未来的职业道路感到焦虑不安。茉莉的烦躁不仅源自对工作的担忧，还因为她对治疗的进展持有疑虑。在理智清醒的时候，她试图为自己的职业和生活找到一条出路；而在心神不宁时，她则无法控制自己的情绪。这种情绪的起伏让她的母亲十分担忧，促使她再次前往医院，与肖医生讨论茉莉的症状。

肖医生对茉莉的母亲解释说，药物的主要作用是帮助茉莉减轻焦虑和恐惧，让她能够安静下来，拥有良好的睡眠，从而促进大脑的修复。茉莉的母亲对药物可能对大脑产生的影响表示担忧，肖医生则安抚她，说许多患者在服用这些药物后病情有所好转，这对茉莉同样会有积极的影响。

在治疗的过程中，茉莉还在北大医院眼科接受了麦粒肿的小手术，手术后一周拆线。手术的成功让她的情绪有所好转，她开始在家中的书房里安顿下来，而她的母亲和父亲老苏则分别住在旁边的小房间和楼下，这样的安排给他们每个人都带来了一种安全感。

在家中，茉莉大部分时间沉浸在电视剧中，她对电视剧的兴趣似乎胜过了对外界的关注，甚至一度因为长时间观看而损坏了电视机。然而，在晚上与朋友的聊天中，她偶尔发出久违的笑声，让茉莉的母亲感到无比欣慰。茉莉的母亲认为，茉莉通过这些社交活动，能够重新融入社会，理解外界的需求，并思考自己未来可能从事的工作。这表示女儿对未来重新燃起了期待。

肖大夫指示茉莉停用所有从美国带回来的药物，改为专门服用由他开出的药物，每天只一粒，晚上加服半片。这种调整是基于他对茉莉病情的理解和对药物效果的综合评估。

随着中秋节的临近，茉莉的表哥给她送来了两盒月饼，这份季节性的礼物带来了节日的气息。虽然她的生活节奏为疾病所扰，但这样的小惊喜总能在某种程度上提振她的精神。

由于药物的影响，茉莉的作息时间变得不规律，她常常晚上睡得很晚，第二天直到下午一点才起床。这样，早饭和午饭便合而为一，茉莉特别喜欢喝的小米粥，成了她这顿早午餐的主要内容。在享用粥的同时，她也不忘按时服药。

饭后，为了帮助消化，也为了保持身体的活力，茉莉的母亲会陪她到附近的护城河边散步。这条河环绕着当地的一个大公园，全长约九公里。河畔的风景让人心旷神怡，茉莉和她的母亲偶尔还能看到其他市民在桥上放风筝，孩子们欢笑着，风筝在空中舞动。

循规蹈矩的养病生活

午饭后的时光总是显得格外宁静。这一天，茉莉和她的母亲决定去大观园散步，这里是《红楼梦》的拍摄地之一，也是文学与历史学爱好者的圣地。大观园内景色宜人，还有一个专门为《红楼梦》电视剧组修建的展厅，展出了剧中各种人物的蜡像，每一个细节都栩栩如生。茉莉在那儿驻足观看了很久。她细致地观察着每一个蜡像，想象着蜡像人物背后的故事。这种对艺术的欣赏让她暂时忘记了内心的苦闷。

每次出去回到家后，心情似乎都好了一点。也许对于抑郁症患者来说，积极地与社会接触，参与文化活动，精神健康可以得到一些恢复和疗愈。虽然未必能解决根本问题。

晚上，茉莉还教母亲怎么做清蒸鲈鱼，但母亲却觉得学不会。茉莉的同学杰西卡说，明天给茉莉寄月饼。这些小小的关心让茉莉感到温暖。

然而，药物治疗带来的副作用——体重增加，也让茉莉感到困扰。她有意识地想要通过早晨跑步来控制体重，但药物的影响和作息紊乱使她很难早起，每当母亲尝试叫她起床时，她总是表现得焦躁不安。这个问题最终又一次被带到了肖大夫面前。肖大夫耐心地解释说，当前治疗的首要任务是确保茉莉能够有足够的睡眠和食欲，虽然药物导致的体重增加是不可忽视的问题，但这是暂时的。他强调，茉莉的健康和心理稳定是最重要的，体重问题可以在未来逐步通过增加活动量和调整饮食来解决。肖大夫说以后能瘦下去。现在重要的是必须睡得着觉，能够吃得下饭。胖是因为行动少，但不吃药不行，不吃药还会回到原来的心理焦虑。

寻找出路

茉莉的情绪有反复。母亲用“车到山前必有路”“天无绝人之路”这些话来鼓励她，但她根本不听。茉莉的母亲把茉莉情绪反复的情况也跟肖大夫讲了。肖大夫说患病就是心理脆弱，老是处在悲观绝望之中。但茉莉应该不是这样的性格。她的性格决定她能走出来，她不服输，不甘心，给她吃点儿药，让她头脑清醒，她一定有潜力恢复。肖大夫对她很有信心。

国庆节，茉莉的母亲陪茉莉去金中都公园转转。金中都公园是为纪念800多年前建立的金朝国都而建的。这样一个遗址经历了60年的变迁。这也是北京作为都城的开始。这个公园就是都城旧址，仅存城墙旧址的一小段。茉莉非常认真地看公园陈列馆的图片和文物。

茉莉还去了天坛公园、圆明园、大观园，她还能沉下心来静静地观赏公园里的陈列展览。

晚上茉莉的母亲陪着茉莉沿着河边散步。有一次坐在床头，茉莉满眼含着泪说想正正了。母亲特别理解女儿想儿子的心情，但用什么语言也安慰不了她，她想家、想儿子、想工作，说明她恢复了正常思维。

在处理休假和工作的问题上，茉莉的母亲再次前往九院，请求肖大夫为茉莉提供一个为期四周的英文休假证明，并在当天晚上就把证明发给了美国公司。肖大夫考虑到茉莉的状况，最终决定给她开出为期一个月的休假证明，以确保她有足够的时间进行恢复。

茉莉最近的行为开始显得有些不同寻常。她连续两天都单独打车离开家，去向成谜，让家人感到既好奇又担忧。每次出门她都没有向家里透露任何目的地或事由，每次回家，茉莉都手提一袋礼品，显然这两次出行并非空手而归。第三天，茉莉的母亲不再坐视不理，决定直接面对这个问题。午餐时，她在餐桌上轻描淡写地提起了这个话题，希望能从茉莉那里得到一些解释。

“茉莉，这两天你出去了好几次，看起来你很忙碌。都去了些什么地方呢？”茉莉的母亲温和地问道。茉莉并没有犹豫，她说：“妈，我去参加了一个艺术品展览，那里有很多不同的手工艺品。我买了一些礼物送朋友们。”她解释说。这些小自主行为，可能也是她应对抑郁症、开始寻找生活乐趣的方式之一。

第二十七章 ◎ 三十年河东

当茉莉换乘了两趟地铁后，终于到达了钟梁拥有的办公大楼。这座摩天大楼矗立在市中心，显得格外引人注目。茉莉心中有些忐忑。

钟梁是茉莉的初中同学，他们曾经做过同桌。记得有一次课间值日打扫教室时，茉莉在铅笔盒里发现了一张小纸条，上面写着一首表达情感的小诗。那个年代，直接的情感表达对于还在青涩年纪的茉莉来说难以接受，特别是在她所处的那种非常传统守旧的家庭背景下。钟梁那时候给人的印象是沉默寡言。茉莉当时很生气，找到钟梁当面把小纸条撕了，并且严厉地斥责了他。钟梁只是默默地低下头，没有任何辩解。那段时间过后，钟梁从他父亲那里要到一张猴年的纪念邮票，限量版，很珍贵，他送给茉莉，希望能缓和两人之间的关系，但茉莉并没有接受。

多年后，考上名牌大学的茉莉收到了钟梁的一封信，信中他写道："在我的印象中，你是一个嘴巴锋利的美丽女生。"现在，站在钟梁公司的大楼前。她不知道多年未见的钟梁会是什么样子。茉莉推开了大楼的玻璃门。

茉莉被秘书带到了钟梁的办公室。门打开时，她看到了坐在宽敞明亮的办公室里的钟梁。他看起来成熟稳重，学生时代的瘦弱形象完全不存在了。兜兜转转，现在轮到茉莉到他这里讨生活。

落叶归根

多年未见后，茉莉对钟梁的记忆依旧停留在那个沉默的少年身上，那个曾默默忍受她严厉斥责的同桌身上。但现在，钟梁的形象已经发生了翻天覆地的变化。他不再是那个瘦小的学生，当他站起来迎接茉莉时，比一般男人高很多，可以用高大来形容。如果他们在街上擦肩而过，茉莉几乎不可能认出他来。

他仍然沉默寡言。从同学们的谈话中，茉莉了解到钟梁不仅成功地运营着一家私人公司，还在全球范围内拥有多处私人房产，包括美国加州的比弗利山庄、夏威夷和纽约中央公园。如今这些成就让昔日的同学们也不得不用钦佩的口吻称赞他的成就和坚持。同学们说，只有他这样沉得住气的男生才能成大器。尽管成功和财富为钟梁带来了显著的身份变化，他的性格却似乎未曾改变——仍旧是那个沉默寡言的人。这样的性格特点，从某种角度来看，可能正是他能够在激烈的商界竞争中保持冷静、做出精准决策的原因。茉莉内心夹杂着对过去那个温柔、容易受伤的少年的愧疚。这次重逢是对过去的一种和解。

钟梁安排司机驾驶一辆奔驰车接茉莉，带她到他自己的五星级酒店。这家酒店是他的投资之一，是展示他个人品位和风格的地方。他特意邀请茉莉在酒店餐厅品尝他在云南农场种植的菌类特产，这些都是他精心培育的优质菌类产品。午餐后，他们回到了钟梁的办公室。办公室宽敞明亮，摆设简洁而不失豪华，窗外是城市的天际线，显得宁静。茉莉开始向钟梁讲述她对未来的打算。她没有提及自己的抑郁症，只是简单地表达了想要回中国工作的想法。

钟梁一如既往地保持着他的沉默寡言，他低着头聆听，偶尔点头，显得非常专注。钟梁并没有做任何询问，而是直接做出了决定。他简单直接地提出："你来我公司做副总裁（VP）吧。"接着，钟梁拿起电话，简洁地指示秘书。不久，公司的两位副总裁——一位年轻的男士和一位年长的男士走进办公室。钟梁向他们简单地介绍了茉莉，然后用了一句意味深长的话来结束介绍："她落叶归根了。"年轻的副总裁率先开口，带着几分探询："茉莉，你在美国公司都从事过哪些工作？可以简单介绍一下吗？"茉莉微笑着回答："我在美国主要从事与政府项目相关的选择、评估和管理工作，负责过多个大型项目的计划和执行，有不少经验。我相信这些经验可以为公司带来一些新的视角。"年长的副总裁则问道："你对公司的未来有什么看法或建议？"茉莉知道公司在非洲和澳大利亚都有民生地产项目，她认真地说："我觉得公司在国际化方面有很大的发展潜力，比如与当地政府沟通和协作，了解当地的市场，进一步提升公司的竞争力，同时让每个部门都能发挥最大的效能。"

钟梁听后，满意地点了点头，补充道："茉莉的背景和能力，正是我们公司目前需要的。我相信她的加入会为我们带来新的活力和思路。"两位副总裁相视一笑，似乎也认可了钟梁的判断。"欢迎你加入团队，茉莉。"年轻的副总裁伸出手来。

茉莉握住他的手，微笑着回应："谢谢，我也很期待和大家一起工作。"

钟梁的"落叶归根"这句话对茉莉来说意义重大，它触动了她对自己生命轨迹的深刻反思。这使她想起了一个故事，一个关于成长、自由与挑战的启示。故事中爷爷和孙子种植了两棵树，一棵在室内，一棵在户外，十年后的对比让孙子意识到成长的环境对生命的深远影响。室内的树虽然避开了自然界的风雨，看似安全，却也限制了其成长的潜力；而户外的树，面对自然的挑战，却因此拥有了坚实的根基和茂密的枝叶，成为可以依赖的庇护大树。爷爷的话提醒孙子，真正的成长需要的是挑战和自由，而不是舒适区内的温室保护。

茉莉反思自己的人生，她在一个曾经舒适和受尊重的环境中工作，生活也似乎一帆风顺。她的丈夫在生活中为她承担了许多，她从未真正面对过人生的严峻挑战。这种环境虽然舒适，却也像室内的树一样，限制了她面对现实中各种挑战的能力。她开始意识到，自己需要的不仅是安全和尊重，更是成长和自我实现的空间。

钟梁的邀请成为她人生新阶段的起点，为她提供了一个展现能力的舞台。茉莉很想接受这份工作，不仅仅因为美国职业上的变故，更是为了在风雨中磨炼自己。茉莉对钟梁说："我现在明白了，落叶归根不仅是回到了故土，更是重新找到了自我成长的土壤。感谢你给我这个机会。"钟梁微笑着回应："我们每个人的成长都需要阳光和雨露，也需要风雨的洗礼。欢迎你，茉莉。"

第二十八章◎

新工作

从那天以后，茉莉开始去钟梁的公司上班。她的日常被新的责任填满，但同时带来了一种久违的充实感。每天早晨 7 点，无论外面的天气如何，茉莉都会准时起床，准备迎接新的一天。在那个多雨的早晨，当她和母亲一起走向地铁站时，城市被细雨笼罩，空气中弥漫着草的清新和花的芳香。茉莉的心情异常平静，对新的一天充满期待。

她们来到了地铁 7 号线的入口，茉莉转身面对母亲，用温柔的语气说："妈，你回去吧。"这简单的句子，对于母亲来说，却有着特别的分量。这是她第一次在女儿生病后感受到女儿的亲切。母亲的眼角溢出了泪水，因为她知道，茉莉正在逐步走出过去的阴霾，重新找到了自信和独立。茉莉挥手告别了母亲，步入地铁站。地铁的车厢内，她闭上眼睛，思绪纷飞。她回想起过去的挣扎和不安，以及如今能够在钟梁的信任和支持下重新站起来。这一刻，她是在前往新工作的路上，更是在向着恢复自我价值的路上迈进。

在地铁上，茉莉也在回想着母亲这段时间的辛苦和努力。她突然想到了孔子。在探讨孔子的观点时，人们看到它深深根植于儒家的伦理观念中，特别是关于家庭责任和社会行为的期望。他强调的是人一生的道德积累与家庭责任的重要性。如果一个人在年轻时忽视了对家庭的责任，不注重个人的道德修养，那么在老年时，他可能会发现自己处于被忽视和孤立的境地；反之，如果一个人从年轻时就始终尽责尽孝，维护良好的人际关系，那么在他老年时，自然会有子女和社会的支持和尊重，从而享有一个安稳和有尊严的晚年。

这个观点不仅适用于古代社会，对现代社会同样具有深远意义。在现代社会中，人们越来越重视个人独立和自我实现，但孔子的思想提醒我们，个人行为的选择与社会责任和对后代的关系密切相关。尤其在面对老龄化社会的挑战时，这种观点更加凸显了家庭责任的重要性。例如，一个始终以家庭为中心、注重个人品行的父亲，可能会教育出有责任感的子女，这些子女长大后，更可能承担起照顾年迈父母的责任。这不仅是因为亲情的自然联系，也是因为从小到大积累的相互尊重和爱的回应。反观那些忽视家庭责任、缺乏道德行为的人，他们在晚年可能会遭遇孤独和被忽视的境地。这种结果是其早年行为的自然反馈，也是社会道德规范的一种体现。

母亲一定会老有所依。茉莉心里想。

在公司，茉莉的表现超出了许多人的预期。她不仅迅速适应了新环境，还开始提出创新的思路，很快赢得了同事们的尊重和认可。茉莉的生活变得充实起来，她再次感受到了作为一个独立、有能力的个体的踏实感和对未来的希望。每当夜幕降临，她站在公司的窗前，眺望着灯火辉煌的城市。

茉莉晚上回家时天色已晚。母亲听到茉莉上楼的时候甚至还哼着歌曲，上班的感觉真好。母亲观察着茉莉的变化，并在日记里写下："茉莉上班一周了，在公司里担任副总裁，是她同学帮了她，公司还分给她三包大米，由她表哥开车拉回家。"

喜欢这条路是因为它的弯曲

从家中步行至湖边，对茉莉来说，总是一种放松心灵的方式。那天下午，她与几位朋友在一家中餐厅享用完午餐后，决定独自散步到附近的湖畔林荫道。这种亲近自然的体验，总让茉莉感受到一种难得的宁静与放松。

春天时，我们尚未知晓秋天的模样，也未曾明白秋天的答案。然而，秋天终会如约而至，带来丰收的果实，也揭示了所有的答案。在这个秋天，你是否找到了属于自己的答案？不论四季如何轮回，生命总是步履不停，惊喜与温暖也如影随形。

大哲学家梭罗曾说："活在每个季节里。呼吸空气，品尝水果，并接受每个季节的馈赠。（Live in each season as it passes. Breathe the air, drink, taste the fruit, and resign yourself to the influences of each.）"

世间有两种最耀眼的光芒：一种是炽热的太阳，照亮大地；另一种是我们全力以赴的模样，点燃人生。回头看看，那些不值得耗费情绪的事无须驻足纠缠。毕竟，人生不过是一场丰富的体验，何不尽情地活？

湖畔的景色因刚刚结束的大雨而显得格外清新，空气中还残留着雨后的泥土香气。茉莉漫步在湿润的林荫道上，湖面的水位明显上升，连带着许多沿岸的树木根部也被水浸没。有的树木甚至倒下了，大自然有时会展现出它狂野与不可预测的一面，但并没有减少这个地方的美丽——一种生机勃勃的力量。就在茉莉沉浸于这片自然美景时，她注意到对面走来一位女士，她向茉莉投去了一个友好的微笑。茉莉回以微笑，感受到了人与人之间简单交流的温暖。她们是陌生人。随后，两人继续各自的步伐，走向各自的方向。茉莉继续沿着湖边行走，湖水轻轻涌动的声音伴随着她的步伐。湖水不仅淹没了树木的根部，还延伸到了森林步道深处，好像在邀请她更深入地探索这片湿润的自然世界。

茉莉之所以喜欢这条路是因为它的弯曲，也因为它是土路而不是柏油路。这里的森林步行道都建设得充满人情味和体贴。比如，在容易拐弯的地方，都有蓝色的箭头标记或橘红色的飘带指路。即使有的地方因为下雨被阻断了，仍有备选的小径，虽然也有荆棘，脚不小心被划破了一点。走着走着就来到了一条长椅前，茉莉坐下来休息。静静地看着眼前的湖水。想起鲁迅说的“世界上本没有路，走的人多了便成了路”。茉莉采了些结着红色果子的小树枝和一些野茉莉，野茉莉带着芬芳，它们就在这广袤而曲径幽深的树林里静静地开放。

茉莉在回来的路上，又遇上了那位女士，她依然和善地笑着。这次她们都停了下来，对面那位女士问茉莉去哪儿了。茉莉告诉她那条不被很多人走的路。她问茉莉可不可以下次与她一起。当然了。她们每次可以试不同的路径。她们互发了短信，她叫英渡，梳着很时尚的短发，发间有些灰白，茉莉猜她的年龄要大一些，但茉莉没有问。知道她是一位大学教授，刚刚搬来，但没有聊其他的事。茉莉在美国的这些年已经习惯了与人保持界限（Boundary）。这是一种对人和对己的尊重。她们只是相约一起走路。

分开后，茉莉在想，如果她们回来时走了不同的路径，或者时间错过了，她们可能就不会再相遇。如果她不主动停下脚步去认识，茉莉一般也不会主动去认识。世界上的很多善缘就在不经意间。世间一切皆是遇见。天地相遇，造就永恒；冬春相逢，成全岁月。每一场相遇都值得珍惜，每一个当下都应用心感受。

英渡的笑容给茉莉留下了很深的印象。茉莉虽然爱笑，但平时不太挂在脸上。但可以肯定她们都是和善的人。茉莉想到，生活中这些简单的相遇，虽然短暂，却如同那些野花一样，不经意间绽放，美丽而又难忘。她学会了珍惜这些不经意间的善缘，因为这些都是生活给予她的小小惊喜。

茉莉有些懊恼，忘了把那束结着果实的树枝和野茉莉的花束送给她了。第二天早上野茉莉依然散发着阵阵花香。

第二十九章 ◎ 在中国上班的日子

在钟梁公司的日子是后来的茉莉经常想起的。

每天早晨，当茉莉从睡梦中醒来，她总能在家里的餐桌上发现母亲已经为她准备好的早餐。温暖的厨房里弥漫着鸡蛋和馄饨的香气，还有新鲜牛奶的清甜，这些简单而家常的食物为新的一天注入了温馨的开始。母亲总是把茉莉的药物小心翼翼地放在她的碗碟旁边。这是她坚持的一个小仪式，因为她相信，严格遵守医嘱服用药物是帮助茉莉康复的关键。每次茉莉坐下时，母亲都会提醒她："别忘了吃药，它会让你感觉更好。"在茉莉准备离家去工作之际，母亲还会在她的手袋中塞一些钱，叮嘱她："中午记得和同事们一起吃饭。"

茉莉离开温暖的家，迎来北京10月清晨的凉爽空气，这是典型的大陆性气候的表现，早晚温差大，使每一个清晨都带着一丝寒意。她裹紧身上的薄外套，加快步伐向地铁站前进。沿途，她经过一所中学，学校的操场上，早晨的体育活动已经开始，孩子们的朝气与清脆的欢声笑语在凉爽的空气中飘荡。街道上的景象是典型的北京早高峰——骑自行车的人穿梭其中，开车的人则在繁忙的交通中缓缓前行。这座城市的早晨总是忙碌而拥挤，每个人都在为新的一天做准备。

到达地铁站后，茉莉与其他上班族一同等待着进站。地铁站内人潮涌动，尤其是在早高峰时分，每个人都急匆匆地想要抢到一个站位。地铁工作人员忙碌地维持秩序，不时需要推推搡搡地帮助最后几个乘客挤进已经人满的车厢。茉莉感觉自己仿佛被压缩成一张相片，几乎无法动弹。车厢内，茉莉靠近门边站立，尽量让自己适应这种被紧密包围的感觉。当地铁到达需要换乘的站时，她随着人流出了车厢，换乘另一条线路。幸好，换乘过程中无须出站，这为她节省了不少时间。最终，茉莉和其他上班族一同涌出地铁站，步行至附近的商务大厦。

茉莉每天的工作都充满了人际互动，这逐渐形成了她在新职位上的节奏。她的办公室同事老李、小孙、小曲和小励，各有独特的背景和个性，使他们的团队多样而富有活力。

老李总是最早到达办公室。作为一名退休的干部，他带来了丰富的行政经验和严谨的工作态度。他喜欢在宽敞的办公室里早早地开始他的一天，准备会议，有条不紊。小孙则是团队中的活力注入者，年轻、充满激情，曾有过在国外驻点的经验。他的钓鱼爱好经常成为午餐时的谈资，他会兴奋地分享在不同水域的钓鱼经历，以及即将和茉莉一起前往澳大利亚参与房地产项目的计划。办公室区域还有小曲、小励两名会计主管，工作细致严谨，对茉莉特别尊重，知道茉莉是公司老总的中学同学，常常称呼她为“苏总”。

中午时分，当太阳高挂、天气渐暖时，茉莉和同事们通常会一起外出用餐。他们轮流选择周边几家口味各异的餐馆，这成了他们日常放松和团队建设的一部分。餐后，他们边走边聊，谈论着工作的进展，偶尔也聊聊个人的兴趣和家庭。他们一起走回办公室，继续下午的工作。这样的午后时光，总是在轻松愉快的气氛中快速流逝。这种日常的重复，让茉莉渐渐适应了这里的工作节奏，也让她重新感受到了新职场的愉悦。忙碌工作的一天过得飞快。每天黄昏走出办公室，茉莉会经过同样的路线回家，只是街上多了餐厅飘出的香味，学校操场上放学的男孩子们在踢球，传来哨声和嬉笑声。

渐渐地，随着茉莉重新开始工作，伴随着新同事间的互动，她的心情开始明朗起来，也渐渐地重新熟悉起熙熙攘攘的人间烟火气。茉莉在中国的新生活逐渐稳定下来，她的工作能力和流利的英语让她在公司中受到了尊重和信任。她也因此承担了更多关键的责任，包括即将与公司高层一同前往澳大利亚承接政府为当地人盖房子的项目。然而，就在一切似乎都在朝着新轨道前进时，一个意外的电话彻底改变了她的计划。来自美国公司的人事部在电话里告诉她，茉莉曾经的一位同事辞职了，他们希望茉莉能回去接替这个职位。电话里说这份工作“不仅她能胜任，而且在美国的工作经验和环境对她来说并不陌生”。更重要的是，茉莉非常思念儿子。

她思考了一阵，最后决定接受这个提议。随后，茉莉找到了老李，老李总是给她很多人生建议，“老李，我决定回美国工作了。感谢您这段时间对我的帮助和指导。”老李点点头，表情充满理解："茉莉，你是个聪明且能干的人，无论在哪里，我相信你都能做得很好。保持联系，如果需要任何帮助，尽管告诉我。"茉莉感激地看着他们。

提出要回美国去。更感到突然的是茉莉的母亲，母亲担心茉莉的抑郁症会反复，以及她的生活自理能力。母亲对茉莉的决定感到担忧。虽然她看到了女儿近几个月来的显著进步，但心中仍然忐忑。然而，茉莉的决心似乎已定，她相信自己已经准备好面对新的挑战。

母亲的手紧紧握着茉莉的手，眼中不禁泛起泪水："茉莉，我当然为你的恢复感到高兴，但你确定自己已经准备好了吗？如果你在美国遇到困难，你知道你随时可以回来。"茉莉给了母亲一个肯定的点头："我想，这次不一样。"

茉莉的母亲回想茉莉 7 月第二次回到中国，三个多月的休养治疗，肖大夫给她开的药帮助她解决了睡眠问题。转机是她自己找到了新工作。母亲又在日记里记录着："这些天来，她每天顶风冒雨，不怕天黑路远，坚持去上班，听到大家都亲切地叫她苏总，让她重新感到信任。大家尊重她，工作需要她，这样扫掉了往日的悲观。占据她身心主导地位的是工作的快乐。——她认为自己没有辜负自己的努力奋斗，不甘心、不放弃的精神，又能和大家一起工作了，能够独立地养活自己了。"母亲叹了口气，心中的矛盾与担忧缓缓转化为对女儿未来的祝福："我相信你，茉莉。无论你在哪里，我的心和祝福都与你同在。只要你幸福、健康，我就放心了。”

她回到美国的决定，虽然是出于职业的考虑，但更多的是出于对家的思念，特别是对孩子的思念。这份思念在离家的三个月里日益加深。

第三十章 ◎ 回到美国

雨天里，书房一角的宁静是最好的陪伴。窗外的风吹动枝叶，发出轻柔的沙沙声，仿佛在提醒茉莉，生命的每一刻都如风般短暂。斟一壶热茶，捧一本好书，感受窗外雨声与内心的安然，这何尝不是一种人生的乐趣？茉莉合上书本，眼中多了一抹明亮的坚定——她要用每一天的努力，为这段旅程赋予意义。

在茉莉准备回美国的前夕，茉莉的母亲变得异常忙碌，试图确保一切都为女儿的离去做好准备。她的细心和关爱在这些小细节中表现得淋漓尽致。母亲细心地帮茉莉修好了价值 1 万美元的思琳（CELINE）手提包的拉链，然后，她又到银行帮茉莉将人民币兑换成美元。茉莉从抽屉里拿出一大沓有些磨损的人民币，这是儿子正正在她来北京之前给她的，希望她在国内能用得上。那些钱是亲戚们之前送给儿子的礼金，儿子一直存着，作为一笔小资金帮助妈妈。茉莉的母亲看到这些钱时轻声说道："正正真懂事，知道关心妈妈。"茉莉回答道："是啊，我把这些钱换好带回去给他，告诉他妈妈一直保留着，用它来做一些特别的事情。"

尽管茉莉在中国工作的时间不长，但她的职业表现赢得了公司上下的称赞。尤其是钟梁。钟梁坚持为她支付双倍薪水，以此表达对她能力和贡献的认可。这种慷慨的赠予让茉莉很感激。

前一天晚上，茉莉和母亲决定回到汤泉，那里离机场更近。在汤泉家中，全家度过了一个宁静而略微感伤的夜晚。茉莉的母亲为茉莉准备了一顿丰盛的晚餐，仿佛想通过这顿晚餐来延续他们的团聚时光。

茉莉站在电梯口，转身对母亲说："妈，我的衣服和首饰都留在这里，我还会回来的。"茉莉的母亲眼里泛起了泪花，看着女儿将那枚母亲给她的宝石戒指递还给她。茉莉继续说："妈，这枚戒指你戴着吧，我在美国也不需要它。"茉莉的母亲握着戒指，轻声回应："好吧，茉莉。"

茉莉提起大箱子，走出了大楼，茉莉的母亲紧随其后。到了楼下，茉莉打开车门坐在前排，她望向母亲，眼神中既有坚定也有感激。"妈，你不用送我了，我会没事的。"母亲轻抚茉莉的手臂，微笑着说："我知道，但我还是要送你一程，看你安全地上飞机。"车子启动了，穿梭在通往机场的路上，司机驾驶技术娴熟，车速快而稳定。茉莉偶尔望向窗外，北京的城市景观逐渐向机场方向转变。"师傅，时间来得及。"茉莉平静地对司机说。

在北京首都国际机场三号航站楼的宽敞前厅内，茉莉和她的母亲从出租车上下来。茉莉的目光自然地落在大屏幕上，查询自己即将搭乘的航班。她的表情温和而淡定，随后向一名机场工作人员询问道："请问，去华盛顿的 808 航班准时起飞吗？"工作人员查看了信息后回答："是的，上午 9 点起飞。"与上次回国时被动地接受帮助不同，这次茉莉自己办理了所有出行手续，从安检到登机，一切流畅而自然，显示出她的确已经康复。

考虑到还有很多时间，母女俩决定先找个地方吃早餐。她们选择了机场内的一家西餐厅，享用了一顿丰盛的早餐。餐后，茉莉提议在机场内逛逛，转转商店以消磨时间。母女俩一起走进一家书店，茉莉在书架前停下，手中拿着一本关于宇宙的书，她突然笑了，指着书架上的两本书说："看，妈，一边是星云，另一边是马云。这两个'云'很对称呢。"茉莉接着说："这次回国虽然只有三个多月，但在钟先生的公司工作的日子真的很快乐，感觉像找回了自己。"

当她准备进关时，母亲和她紧紧拥抱。然后，茉莉拖着行李走向安检口，她不断回头望着母亲，直到视线被人群挡住，再也看不见。